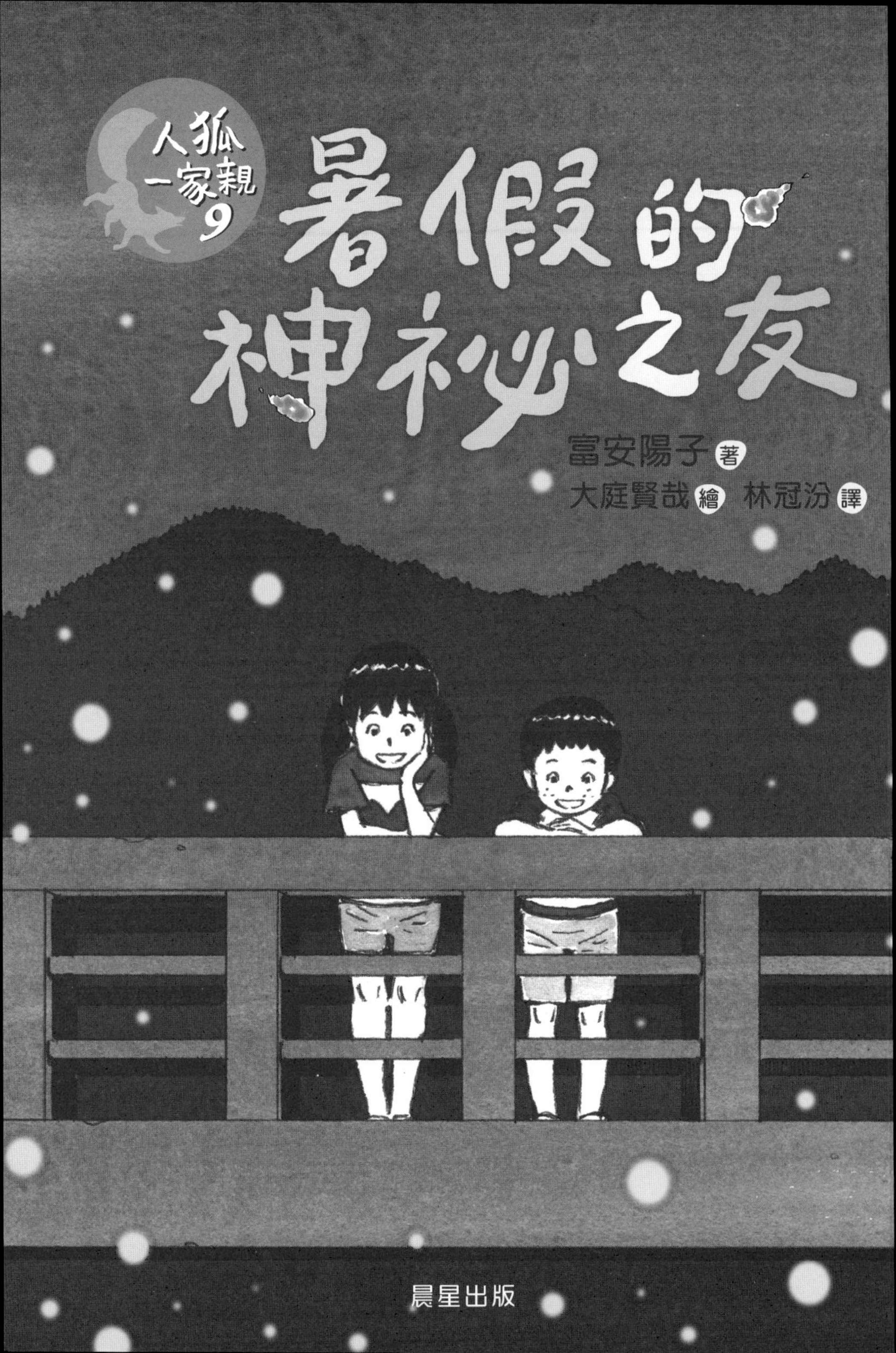
人狐一家親 9
暑假的神秘之友
富安陽子 著
大庭賢哉 繪 林冠汾 譯
晨星出版

目錄

人狐一家親 9

CONTENTS

登場人物介紹

信田結（小結）……信田家的長女，小學五年級學生，具備了可以聽到風之語能力的「順風耳」。

信田匠（小匠）……小結的弟弟，目前是小學三年級學生，具有可以看透過去和未來的「時光眼」。

信田萌（小萌）……家中的小女兒，具有可以傳達人類以外動物語言的「魂寄口」。

信田幸（媽媽・阿幸）……不顧狐狸家族的反對，堅持和人類爸爸結婚的可靠媽媽。

信田一（爸爸・阿一）……大學的植物學教授，個性開朗溫柔，兒時綽號叫「小一」的穩重爸爸。

爺爺……爸爸的父親。長相和爸爸一模一樣，個性卻相當固執。

奶奶……爸爸的母親。知道許多與土地有關的古老傳說與靈異故事。

家族關係圖

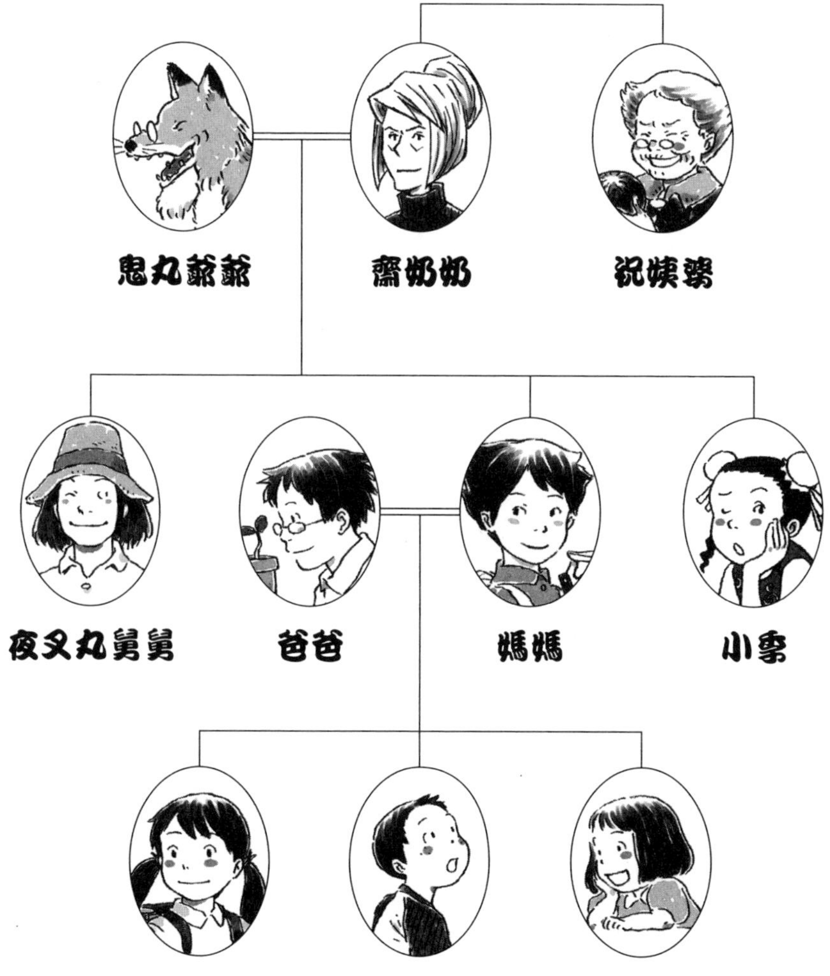

鬼丸爺爺
齋奶奶
祝姨婆
夜叉丸舅舅
爸爸
媽媽
小雫
小結
小匠
小萌

1 荒神口

搭著新幹線來到轉乘車站，改搭上另一班列車後，小結有種完成一項大任務的成就感。任務可說非常成功，畢竟小結在只有短短十分鐘的匆忙轉車時間內，走出剪票口、穿過漫長通道，最後順利轉乘搭上通往目的地的民營電車。

不過，小結還是不安地心想：「搭這班電車應該沒錯吧？」小結豎起耳朵，仔細聆聽此刻正好響起的車內廣播。雖然車掌先生的聲音很小聲且含糊不清，實在不容易聽清楚內容，但小結還是確實聽到

「本列車即將開往志津川」這句話，以及第六個被廣播出來的停靠站名，也就是目的地「紅葉橋車站」。

到了紅葉橋車站之後，再搭二十分鐘左右的公車，就能抵達爸爸的故鄉門前町。爸爸的父親和母親，也就是小結他們手足三人的爺爺和奶奶住在門前町。這次是小結第一次單獨前往爸爸故鄉。

……好吧，正確來說，小結不是真的只有單獨一人，她的弟弟小匠也一起行動。不過，說穿了，小匠的存在就像是附帶品，一點也不可靠，也別妄想他能幫得上忙。說到剛剛也是，轉車時間明明只有短短十分鐘，小匠卻一下子在商店前面停下腳步，一下子跑到伴手禮區試吃東西，小結都快被煩死了。

現在也好不到哪裡去，小結緊張地專心聆聽車內廣播，小匠卻是懶洋洋地倒坐在座椅上，入神地看著出發時媽媽買給他的漫畫書。小結實在想不透，剛才在電車裡小匠明明已經看過一遍那本漫畫書，怎麼還能夠興致勃勃地重頭看起？

電車總算關上車門駛了出去，小結不由得鬆了口氣。終於可以放下心了。抵達紅葉橋車站後，就會看到爺爺開車來迎接，所以不需要再爲了轉車而擔心。現在就跟已經抵達爺爺家幾乎沒什麼兩樣。

以往，小結他們都是固定在聖誕節時期，才會到前門町的爺爺奶奶家玩。每次只要小結和小匠就讀的小學、小萌就讀的幼稚園第二學期結業式一結束，全家人就會迫不及待地前往爺爺奶奶家，在爸爸的故鄉度過年底的一星期。大家會交換聖誕節禮物，也會幫忙大掃除。然後，比別人早一些時間領壓歲錢回家。這就是信田家每年寒假的例行活動。

明明如此，今年卻是一放暑假，只有小結和小匠兩人單獨前往爸爸的故鄉。原因是爺爺和奶奶提出邀請說：「暑假時來門前町玩吧！」其實呢，打從很久以前，爺爺們便一直邀請小結和小匠在暑假時到門前町過夜。

「等小結和小匠都升上國中，就要參加社團或補習什麼的，會變得沒有時間吧？趁還在念小學，找個機會在暑假時來門前町玩吧！」

每年寒假小結他們要離開門前町的爺爺奶奶家時，奶奶總會這麼提議。

「你們兩個不用爸爸媽媽陪，也不怕在外面過夜吧？」爺爺也這麼附和。暑假期間爸爸的工作說來也算忙碌，爺爺和奶奶應該是覺得如果要配合爸爸的行程，恐怕很難排出時間來。在爺爺奶奶的再三邀請下，今年小結和小匠終於決定兩人單獨前往爺爺奶奶家過夜。

爸爸因爲要參加研究班的研修旅行，還要忙著爲學會做準備，所以沒空一起回門前町。小萌因爲要參加幼兒園的過夜活動，也安排了到朋友家的過夜派對，所以沒有鬧彆扭，願意乖乖和媽媽留在家裡。目前計畫等到八月後，小萌將會和媽媽一起到門前町玩，順便接小結

和小匠回家。

於是，小結和小匠就這樣踏上兩人之旅，隨著電車搖來晃去，千里迢迢地朝向爺爺和奶奶等候著的門前町前進。

小結在面對面而坐的四人座位的靠窗座位上，眺望從窗外飛快流過的景色。

列車發出匡當匡當的聲響穿越過林立的大樓，不知不覺中已行駛在田野之間，眼前只看得到瓦片屋頂的矮房分散座落。以前寒假時爸爸開車載大家回鄉下的路上，小結看過幾次軌道沿線的田地完全被白雪覆蓋的景色。沒有白雪覆蓋時，就會看見灰色地面朝向呈現朦朧墨色的山腳下無限延伸，以及看似落寞的枯樹像被獨留下來似的，孤伶伶地佇立在原地。

不過，此刻車窗外的景色，被夏日陽光塗抹上截然不同的色彩。在田裡，可看見長得茁壯、青翠欲滴的稻苗隨風波動。遠處的高山、路旁的樹木、從田間小道冒出來的草叢；眼前所看到的一切呈現一片綠油油，四處滿溢的翠綠色彩迎風搖曳著。耀眼的陽光灑落在一株株樹木的頂端以及家家戶戶的瓦片屋頂上，宛如撒上金粉般閃閃發光。

小結忽然明白了爺爺和奶奶爲什麼會那麼熱情地邀請他們在夏天前來門前町。

以前我們所認得的爸爸的故鄉，原來都只是冬天的景象而已……

小結凝視在夏日豔陽底下閃耀的光芒景色，內心浮現這般想法。

女服務員推著手推車，在座椅之間的走道上緩緩朝向這方走近。

小結見狀，隨之打開擱在大腿上的包包翻找。幸好媽媽事先把裝了換洗衣物和暑假作業的笨重行李宅配到奶奶家，所以結和小匠今天小只需要各拿一件小行李搭車。小結的包包裡裝著零用錢包以及手機。

搭車前，小結兩人買了鐵路便當，也已經在新幹線車上吃個精光，現在小結覺得有點口渴。這時如果爸爸和媽媽也一起搭車，就可以拜託他們買手推車上的飲料了……小結這麼心想，但立刻改變想法。小結猜想如果媽媽也在的話，肯定會精明地趁著轉車的空檔，先買好自動販賣機的飲料。小結還在遲疑該不該喊住女服務員時，手推車已經從她的身邊穿過。

小結一看，發現本來還在看漫畫的小匠嘴巴開開的，睡得可香甜了。這個神經大條的弟弟真是一點也不可靠。說到昨晚也是，小結躺在雙層床的上鋪想著隔天就要踏上旅途，怎麼也無法入睡，下鋪的小匠卻是早已呼呼大睡。

「昨天睡那麼飽了，你怎麼還睡得著啊？萬一睡過頭錯過了紅葉橋車站，看你要怎麼辦……」

小結在一旁碎念不停，但小匠似乎根本沒聽到。小結也忍不住打了一個哈欠。

因爲昨晚睡不著覺，小結感覺到眼皮沉重不已。再加上已經撐過「轉車」這個最大難關讓小結鬆了口氣，心情也隨之鬆懈下來。

匡當匡當。

匡當匡當……

電車帶有節奏感的聲響顯得悅耳舒服。規律的震動讓人覺得就像躺在搖籃裡，勾起了小結的睡意。

「呼哈……」

小結又打了一個大哈欠後，輕輕閉上眼睛。

睡一下就好……沒問題的，我不會真的睡著……睡一站再起來就

好……

印象中，小結這麼對自己說過。不過，儘管心裡這麼想，小結卻早已沉沉睡去。

驚醒過來的同時，小結嚇得心臟差點跳出來。因爲小結感覺到自己睡了很久。醒過來後，小結的耳朵捕捉到兩道聲音。

一道是車掌先生說話含糊不清的廣播聲——

「下一站是……到站後將開啓右側車門。」

小結沒能夠聽清楚最重要的站名，整個人驚慌起來。

另一道是從大腿上的包包裡傳出來的聲音。手機響了！小結愛看的動畫主題曲前奏響遍四周。小結急忙掏出手機，確認來電號碼。

「公共電話？」

誰打來的電話？小結完全摸不著頭緒。

「喂？」

小結接起電話後，耳邊傳來爺爺的聲音。

「小結……妳怎麼還沒到？你們現在在哪裡？」

「咦？咦？什麼！」

小結心中升起一股不祥的預感。

「咦？爺爺你在哪裡？」

「妳還問我在哪裡？我在紅葉橋車站的剪票口等你們來，但等了老半天也沒看到你們出現……」

「天啊！」

小結慘叫一聲，坐在走道另一側的一位阿姨嚇一跳地往小結這邊看來。

「不好意思！」小結保持拿著手機的姿勢，朝向那位阿姨低頭致歉後，用力踹了在對面座位上呼呼大睡的小匠一腳。

「爺爺！慘了！睡過頭了！我們還在電車上面！」

小結稍微壓抑音量，對著手機喊道。

「天啊！」

爺爺似乎是利用車站的公共電話打電話來，這回換成話筒另一端的爺爺慘叫一聲。

「……很痛耶，姊姊，妳幹嘛踢我……」

小匠總算醒過來，他一邊揉著惺忪的睡眼，一邊說道。這時，電車緩緩駛入兩側長滿樹林的月台。

小結繼續讓手機貼在耳朵上，手忙腳亂地捧著包包從座位上站起來。

「小匠！準備下車！你動作快點，我們坐過頭了！爺爺！我先掛斷電話喔！小匠！快點啊！」

小結在走道上慌忙地跑出去，跟在後頭的小匠也拖拖拉拉地來到車廂間連通道。小匠忙著把拿在手上的漫畫書，塞進束口後背包裡。

「現在不是忙著塞東西的時候吧！」

小結大聲喊道，急忙衝出車門跳上月台。

熱氣騰騰的沉悶空氣以及慢慢擴散開來的蟬鳴聲，瞬間籠罩住小結。小匠走下月台後，車門立刻關上，載著小結兩人來到這裡的列車，再次發出　當聲響在軌道上駛了出去。

除了小結和小匠之外，沒有其他乘客在這個車站下車。這個車站看起來就像浮在一片綠色之中的一座小島。北上和南下的軌道之間夾著細長的月台，月台的盡頭與階梯相連，走下階梯再跨越剛才電車駛來的軌道後，可看見一間看似車站的小屋。

「這裡是哪裡？」

小匠先看了看孤伶伶坐落的車站，再看了看對向軌道的另一端、逼近在眼前的茂盛樹林後，開口問道。

朝向階梯的方向走近後，小結發現月台的盡頭立著一塊標示出站名的站牌。

「荒神口」

別說是小匠，小結當然也不認得這個車站。小結和小匠都不曾在紅葉橋之後的任何一站下車過，也不知道有哪些車站。

「啊……趕快打電話給爺爺……」說著，小結想起爺爺沒有使用手機的習慣。剛才爺爺打電話給小結時，也是利用車站的公共電話。

「對喔……我都忘了爺爺沒有手機……不過，爺爺一定很快就會再打電話來的……」

說罷，小結盯著緊抓在右手的手機螢幕一看後，大吃一驚。

「咦？不會吧？這裡收不到訊號……」

沒錯，小結的手機連一格訊號也沒有。看來，在這個被埋沒在綠色大自然之中的車站，似乎收不到手機的訊號。

「……怎麼辦……」

小結注視著派不上用場的手機，以及電車早已駛遠的軌道，茫然地嘀咕道。

「姊姊，那邊……」

小匠指向剪票口的另一端。

「妳看！那裡停了一輛公車耶！我們去問問司機先生，他應該會告訴我們要怎麼辦吧？搞不好有公車可以去到門前町也說不定。」

「咦？」

小結往小匠所指的方向看去後，發現剪票口外面有一塊四周圍繞著樹林的小廣場。雖不確定小廣場是不是公車站，但小結看見廣場角落停著一輛老舊的公車。陽光不時從樹葉縫隙間灑落在奶油色的公車車身上，形成搖來晃去的光影。

小結感到有些奇妙。她記得剛才下車時，並沒有看到有這麼一輛公車停在廣場上。小結想不透公車究竟何時抵達？不僅如此，公車上還載著許多乘客。

「我們去看看嘛！」

小匠一邊走下月台的階梯，一邊說道。小結也跟在後頭走去。小結告訴自己一直呆呆站在月台上也不是辦法，不如先到剪票口看一看。剪票口附近應該至少會有北上和南下的電車時刻表，如果時間配合得好，說不定反方向的電車很快就會進站。

到時只要搭反方向的電車，折返回到紅葉橋就好了。

剪票口沒有半個人，看來似乎是個無人車站。這樣就算想補繳過站的差價，也不知道該付多少錢。

「只好直接走出去了。」

小結和小匠互相這麼說一句後，把車票投進沒有站務員把關、放置在剪票口旁邊的木箱裡，穿過剪票口。

走出廣場後，小匠直直往公車的方向走去。小結在剪票口附近環視牆壁和柱子一圈，試圖尋找電車時刻表，但沒能夠找到時刻表。

「……真是的，至少要把時刻表貼出來讓人家確認時間吧。」

小結不由得脫口說出抱怨話語。這時，小匠已經走近到停在廣場上的公車駕駛座車窗邊。

「不好意思！」

小匠抬頭仰望公車這麼大喊一聲後，帽子壓得低低的司機先生打開車窗，探出頭來。

「請問一下……我們想去門前町，結果下錯站了。請問這輛公車要開去哪裡？會不會經過紅葉橋車站前面，還是門前町附近？」

小結一邊聽著小匠像在嘶吼似地發問，一邊也朝向公車走近。一腳踏上廣場後，蟬鳴聲頓時變得響亮。小結猜想肯定有數也數不清的蟬，停留在廣場四周的樹木枝頭上。

爲了不輸給蟬群的大合唱，司機先生也放大嗓門回答：

「這是要開去『繼名祭典』的公車。我們會把受邀參加繼名祭典的客人，載到花倉山去。」

聽到花倉山三個字後，這回換成在小匠身旁的小結大聲發問：

「請問你說的花倉山，是有椿木神社的那個花倉山嗎？」

爺爺奶奶家附近有一座神社叫椿木神社。椿木神社被高高隆起、圍繞著郊外村落的花倉山環抱其中。

「沒錯，就是那裡。」在樹葉縫隙間流瀉下來的陽光籠罩下，司機先生戴著帽子點頭答道。小結和小匠互看彼此一眼。

「我們就坐上去吧！反正花倉山就在爺爺家旁邊啊！」

小匠不加思索地這麼提議，小結感到遲疑地回頭看了剛才穿過的剪票口一眼。小結再次仰頭看向公車的車窗，詢問司機先生說：

「請問……北上的電車還要多久才會抵達？我們想要折返回到紅葉橋。」

小結覺得還是搭電車折返回去最安全。畢竟小結完全預測不到這輛公車即將前往的公車站會在花倉山的哪一帶地區。萬一被載到與椿木神社相反方向的後山去，小結根本不確定能不能從後山徒步走到爺爺家。

然而，司機先生從車窗探出身子，說出令人吃驚的話語：

「沒有喔……不論是北上列車，還是南下列車，今天都沒有班次了。要等到明天才有。」

「咦？剛剛那是最後一班電車？」

小匠瞪大眼睛看向小結。小結感到難以置信地瞥了拿在右手上的手機螢幕一眼。

「……現在才兩點多而已耶……」

「糟糕！再不出發就來不及了。」

說罷，司機先生詢問小結和小匠說：

「你們有什麼打算？要上車嗎？還是不要？」

「姊姊！我們上車吧！」

小匠焦急地催促小結。

小結再次盯著手機看，手機依舊是一格訊號也沒有。

沒轍了，如果繼續待在這裡也聯絡不上爺爺。搭公車去到比較靠近花倉山的地區，應該就收得到訊號。

小結向司機先生再確認最後一點：

「那個……我們想搭車……請問從這裡到花倉山要多久時間？」

幾乎被帽子遮擋住半張臉的司機先生揚起嘴角笑一下。

「一轉眼就到了。」

聽到這句話後，小匠立刻朝向公車中間的車門踏出步伐。

「這樣的話……我們要上車。」

小結也下定決心地往車門走去。

「姊姊！快點啊！」

小匠踏上台階這麼呼喊一句後，便消失在公車之中。小結也衝向車門，趕緊爬上只有兩階的台階上了公車。

公車隨即發出「噗咻」一聲關上車門。涼爽的冷氣籠罩下，小結鬆口氣地環視車內後，驚訝得倒抽一口氣。

車上除了小匠和小結之外，不見其他乘客的身影。明明直到剛才還看得到公車上滿是乘客，現在卻是一片空蕩蕩。

搭公車

小結不確定小匠有沒有察覺到異狀，只看見他在公車上直直朝向前方走去，準備在司機先生正後方的單人座位坐下來。

「啊！那個座位不能坐喔！往後挪一個座位就沒有人坐。」

司機先生在駕駛座上轉頭說道。

「咦？可是，這個座位明明也空著啊……」

小匠一副難以接受的模樣說道，小結站在車門旁邊呼喊小匠說：

「小匠！你過來這邊！我們在這邊一起坐。」

小結朝向公車後方空著的兩人座位走近後，爲了安全起見，放大嗓門詢問司機先生說：

「請問……這邊的座位有人坐嗎？」

司機先生扭轉上半身看向這方後，搖搖頭說：

「不行，那邊滿了。最後一排的座位空著，你們可以坐那裡。」

「小匠！」

小結又喊了一聲後，小匠才心不甘情不願地從公車最前面走來最後一排的五人座位，在小結身邊坐下來。

「好了，那我們出發了。」

司機先生似乎開了麥克風，低沉的聲音響遍空蕩蕩的公車內。公車隨著引擎聲駛了出去。

「呿……明明空成這樣卻只能坐最後一排，應該坐哪裡都無所謂吧！」

小匠發著牢騷。小結抱著說給自己聽的心情開口說：

「肯定是有人先劃位了。剛才司機先生不是說過這公車要開去不知道什麼祭典嗎？這公車有可能不是跑正常路線的公車，而是專門載人去參加祭典的臨時公車，不然就是遊覽車吧……雖然現在空著，但等一下半路就會有乘客上車的！」

小結嘴裡這麼說，卻忍不住思考起來。……**可是，如果是這樣，剛才看到公車上好像坐了很多乘客又是怎麼回事**？

難道是陽光從樹葉縫隙間灑落到車窗上搖來晃去，所以錯看成人影？

雖然司機先生說一轉眼就會到花倉山，但途中應該還是會停靠幾個公車站吧……

爺爺現在應該很焦急吧？爺爺肯定一直從公共電話撥打小結的手機號碼，卻怎麼也撥不通。能不能趕快到收得到訊號的地方啊……小結瞪著手機螢幕看，不時瞥看窗外的景色。公車像要撥開茂密生長的綠樹般，不停向前駛去。

公車行駛在相當狹窄的道路上。感覺上，公車正朝向深山前進，但奇妙的是，道路沒有顯得蜿蜒曲折。寬度勉強可以讓公車通過的狹窄道路，筆直地朝向深山、朝向綠色大自然的深處向前延伸。

這樣真的有辦法去到爺爺家附近嗎……

小結陷入不安的情緒。就在這時——

「聽說隔了五百年。」

不知某人說出這麼一句。小結確實聽見有人在公車某處，而且就在距離她與小匠很近的位置說出這句話。

小結和小匠露出疑惑的表情互看一眼後，東張西望地環視空蕩蕩的公車一圈。

忽然間，四周陷入一片黑暗。小結險些發出尖叫聲，但很快便察覺到原來是公車駛入隧道中，於是摸著胸口讓心情平靜下來。在擋風玻璃的遙遠前方，可看見出口的小小一道光線。公車正朝向出口的方向駛去。小結正想要放鬆心情喘口氣時——

「姊姊……」

小匠低聲說道，並且用力抱住小結的手臂。

「……車上有人……就在前面的座位……」

小結一口氣就快呼出去，又吞回來。

小結也看見了。

有人坐在座位上。前面的座位坐了兩個人，更前面一排的座位也是。隔著走道的隔壁座位，還有隔壁座位的前方座位都坐了人。

公車裡一片黑暗，所以完全看不清楚每位乘客的模樣。不過，可以很肯定的是，座位上確實有人。不論是這邊的座位也好，那邊的座位也好，都坐著乘客。不知不覺中，公車上已近乎客滿的狀態。

「既然受到邀請，當然就要赴約。」

「畢竟隔了五百年才又受到邀請。」

「一起去向繼名大人祝賀吧！」

「一起去祝賀吧！」

乘客們在交談。滔滔不絕、吵吵嚷嚷的交談聲，使得公車裡變得一片鬧哄哄。

啊？這是怎麼回事？公車上不是沒有其他乘客，空蕩蕩的嗎？

小結在黑暗之中睜大眼睛，屏氣凝神地豎起「順風耳」。順風耳是小結從狐狸家族繼承而得的能力。身上流著狐狸媽媽與人類爸爸血統的小結因爲擁有順風耳的能力，所以能夠從風中感受到一般人嗅不到的氣味、微弱的聲音，以及暗藏的氣息。

豎起順風耳仔細感受後，小結再次感到吃驚。

小結感受不到人類的氣息。公車上明明有這麼多乘客，卻沒有人

類的氣味。不論是衣物摩擦聲，還是呼吸方式，一切都感受不到人類存在的氣息。

明明如此，一片黑的公車裡卻充斥一群不明存在的熱鬧交談聲。

「不過，爲什麼會選在今年傳承封號？」

「這就不知道了。」

「畢竟是娑羅大人的判斷。」

「一切都是娑羅大人決定的。」

「娑羅大人一定有什麼想法吧。」

一片黑暗中，小結凝視著坐在座

位上的多道黑影，不禁感到毛骨悚然，背上升起一陣寒意。

忽然間，視野明亮起來。公車總算穿出隧道，來到陽光灑落的地方。耀眼的陽光讓人感到刺眼。一片白光之中，小結和小匠瞬間閉上眼睛時，司機先生的聲音響遍公車內。

「終點站花倉山到了，感謝各位的搭乘。」

司機先生踩下煞車，公車隨之停止不動。

「咦？已經到終點站了？」

小匠驚訝得不停眨著眼睛。小結揉了揉眼睛，環視公車內一圈後，「啊！」的大叫一聲。

「乘客……不見了……」

隨著「噗咻」一聲傳來，公車的前門打開來。

「要下車的旅客請盡快下車。」

在司機先生的催促下，小結和小匠抱著宛如身陷夢境中的心情，從空蕩蕩的公車最後一排座位上站起來。兩人在公車的走道上邊走邊確認，一一確認過其他座位確實沒有乘客，走到最前面時，兩人還不忘回頭再看一眼公車內。所有座位果然還是空著，那些在隧道裡交談的乘客們消失得無影無蹤。

「你們要下車吧？這輛公車準備要停到車庫去了。」

看見小結和小匠呆立不動，司機先生搭腔說道。

「請問……」

小結還來不及把話說完，小匠從旁插嘴詢問司機說：

「其他乘客呢？剛剛在隧道裡的時候，明明看到車上有很多乘客……」

「大家都下車了啊。」

司機先生一副「真搞不懂你們在說什麼」的表情，看著小結和小匠說道。

然而，不用說也知道，小結和小匠根本沒看到任何人從打開的車門走下車。公車一駛出隧道，早就變成空蕩蕩一片。

「好了，你們趕快下車吧！我要把車子開回車庫了。」

小結不得已只好抓起包包，開口詢問：

「請問公車車票要多少錢？」

「咦？」

司機先生一副真的就快被打敗的模樣說：

「不用買什麼車票。這是負責

把參加繼名祭典的客人載到花倉山的公車，哪可能跟受邀參加的客人收錢呢？」

說完之後，司機先生再次盯著小結和小匠看，跟著以感到可疑的口吻說：

「你們兩個真的是受邀參加的客人嗎？是說……如果沒有被邀請，也不可能在那個車站下車就是了。總之，拜託你們快點下車吧！不要在這邊說一些莫名其妙的話。」

小結心想：**我們才覺得莫名其妙呢**……到底是發生什麼狀況？那些消失又出現，後來又消失的客人到底是什麼來路？小結的腦袋裡滿是大大的問號。

即便如此，在司機先生的催促下，小結和小匠還是走下台階，踏出車門下了公車。

一來到公車外，從樹葉縫隙間灑落的刺眼陽光、蟬鳴聲以及樹林的氣味立刻籠罩住小結兩人。

「啊……這裡……」

小結一下子就認出這裡是什麼地方。這裡是椿木神社後方的樹林。枝葉蒼翠茂密的野漆樹另一端，出現眼熟的神社本殿。每次只要來到爸爸的故鄉，爺爺總會帶著小結他們來到這片樹林玩耍。小結他們最愛在這片樹林玩耍了，這裡不但可以玩捉迷藏、鬼捉人，還可以撿橡實。

「太棒了！這裡是神社後面！從這一下就可以走到爺爺家了！」

認知到自己所處的目前位置後，小匠精神大振地大聲喊道。

這時，小結的手機傳來鈴聲。

「啊！一定是爺爺打來的！」

手機不知何時已經出現三格訊號，螢幕上顯示出來自公共電話的來電。

「喂？」

小結接起電話後，不出所料地，爺爺的聲音傳進耳裡。

「小結……妳怎麼還沒到？你們現在在哪裡？」

爺爺反覆說了一遍剛才說過的話，小結一時之間不知道該如何說明此刻的狀況才好。

「呃……我們現在在椿木神社的後面。」

小結決定先告知目前的所在地，爺爺聽了後，沉默了一秒鐘。

「你們怎麼會在哪裡？妳剛剛不是說坐電車坐過頭？」

「嗯……我們坐過頭了。後來我們在下車的車站發現公車站，公車站剛好停了一輛要去花倉山的公車，所以就上了公車，剛剛才抵達椿木神社後面。」

「……」

爺爺再度陷入沉默。

「妳在說什麼？椿木神社後面？沒有公車會開到那裡吧？神社後面是一座山啊……」

「可是，我們真的是搭公車來到這裡的啊！就是在荒神口車站前面可以搭到的公車啊。」

沉默時間再度降臨。爺爺一副打從心底感到莫名其妙的態度，在話筒的另一端詢問小結說：

「……荒神口？那是哪裡的車站？」

「……咦？什麼哪裡的車站？不就是紅葉橋的下一站嗎？」

小匠拉了拉小結的手臂，似乎有什麼話想說，但小結根本沒有多餘心思理會小匠。

「根本沒有叫什麼荒神口的車站。」小結的心思完全被爺爺的這句話占據。

「咦？沒有是什麼意思？」

小結感到莫名其妙而反問道。

「如果不是紅葉橋的下一站，那有可能是下下一站，或是下下一站……總之，我們就是在叫荒神口的車站下了車……」

「妳到底在說什麼？」

爺爺的聲音打斷了小結的話語。

「不管是下一站、下下一站，還是更後面的車站，你們搭的那條電車路線根本沒有叫什麼荒神口的車站。妳是不是搞錯了？紅葉橋的下一站是瀨川，再下一站是櫻井。」

小匠使力地拉著小結的手臂，小結終於忍不住發起脾氣說：

「你是怎樣啦？我在跟爺爺講電話耶！」

「公車。」小匠簡短說了一句。

「公車怎樣了？」

小結凶巴巴地問道，跟著回頭看向剛才下車的公車，然後就這麼楞住不動。

公車消失了。

「怎麼回事？」

小結發楞地看著小匠。

「你有沒有看到公車跑哪兒去了？你是不是對公車做了什麼？」

小匠使勁地搖頭說：

「我什麼也沒做，也沒有看到公車跑哪兒去。」

「喂，小結，怎麼了？發生什麼事了嗎？」

爺爺的聲音從話筒另一端傳了過來。在那同時，也傳來再不投錢將會斷訊的公共電話警告聲。

「爺爺，總之我們現在馬上就走去爺爺家。爺爺你也趕快回家吧！等一下我再好好跟你說明。等會見喔！」

說罷，小結掛斷電話。小結重新盯著原本公車的位置看個不停。

然而，不論小結再仔細盯著看、環視再多遍，還是沒看見消失的公車。

「到底是怎麼回事？怎麼什麼東西都一下子出現，一下子又消失不見？」

不論是小結的耳朵，還是小匠的耳朵，都沒有捕捉到公車駛回車庫的任何聲響。小結兩人下車後，理應會傳來車門被關上的聲音，但就連關門聲也沒聽見。

小匠東張西望地往樹林裡看，開口說：

「妳接了手機跟爺爺開始講電話後，我馬上回頭看，但那時公車就已經不見了。那輛公車到底是什麼？會不會是鬼？」

「世界上有公車鬼嗎？」

小結也感到毛骨悚然地觀察樹林的動靜。小結想起爺爺說的話，於是告訴小匠說：

「爺爺剛才說我們搭的那條電車路線根本沒有什麼叫荒神口的車站……」

「不會吧……」

小匠倒抽一口氣，瞪大著眼睛。

「爺爺說紅葉橋的下一站是瀨川，再那下一站或更後面的車站，就算坐到終點站，也都不會遇到荒神口站……爺爺還說椿木神社後面不可能有公車經過。」

聽到小結這麼說，小匠露出嚴肅的表情點點頭。

「我剛剛也這麼想。妳看這裡的樹長得多茂密，根本沒有路可以走。而且，樹林後面就是山。那輛公車到底是怎麼穿過樹林來到這裡的？我看了半天也沒看到剛剛那條隧道。太奇怪了，公車明明一離開隧道就馬上開到這裡來。」

樹林隨著從樹葉縫隙間灑落的陽光搖來晃去，小結和小匠再次環視樹林一圈。陽光明明猛烈地照著樹林，卻有微風從樹梢底下吹拂而來，感覺涼爽極了。

「我們快走吧！」

小結感覺到背部再次爬上一陣寒意，恨不得早一刻去到爺爺家。她心想如果繼續和小匠兩人單獨待在這裡，很可能會再撞見公車鬼。小結明明早已看慣這片樹林，今天卻覺得看起來像是個陌生的世界。

小結和小匠從拜殿旁邊繞到神

社的正面，匆匆合掌敬拜後，便急忙離開神社。穿過鳥居來到馬路上後，爸爸的故鄉街景披著夏日陽光，迎接小結和小匠的到來。

門前町的馬路兩旁，屋頂鋪上黑色瓦片的矮房櫛比鱗次，白色泥牆一面接著一面整齊排列著。這裡不像小結他們所居住的城市，不會看見任何電梯華廈或公寓，馬路也頂多只有可供雙向汽車勉強交錯通過的寬度。成排老櫻花樹的枝梢像滿溢出來似的，在狹窄的馬路上方伸展開來。冬季時，櫻花樹總是朝向天空頂出光禿禿的樹枝，但現在綠葉茂密的枝頭影子清楚映射在馬路上。

家家戶戶的玄關前，排列著牽牛花盆以及大大小小的盆栽，各個綻放出色彩繽紛的茂盛花朵。冬季的灰色天空一改樣貌，換成蔚藍的夏日天空在街道上方無限延伸，路邊水溝流過的水聲混在蟬群的大合唱之中，在小結兩人的腳邊悄悄響起。

住家間時而會出現小巷子。這些小巷子是通往不同馬路的捷徑。

「啊……我記得走這裡可以抄近路吧？」

小結在從椿木神社的鳥居數來第三盞路燈處停下腳步。路燈下有一戶住家，旁邊有條延伸到那戶住家後方的小巷子，小結探出頭看向小巷子。

「我也記得！」

小匠點點頭說：

「走這裡比較近喔！只要從這條小巷子穿過去，就可以直接通到爺爺家後面的馬路。」

於是，小結和小匠一腳踏進被夾在住家牆壁與牆壁之間的狹窄小巷子。

小巷子很窄，寬度只夠一個人勉強通過。小匠走在前頭，小結跟在後面在小巷子裡前進。小巷子兩旁的住家牆壁另一端，時而傳來電視聲、餐具鏗鏘作響的聲音，以及吸塵器的機械聲。

在昏暗的小巷子裡前進到一半時，小結兩人前方的巷口出現一道身影。

「啊……有人往這邊走過來。」

走在前頭的小匠說道，跟著回頭看向小結，一臉彷彿在問「怎麼辦？」的表情。

突然出現在小巷子裡的身影，朝向這方走來。

「沒辦法，應該可以勉強讓路過去吧？」

小結兩人就這麼也繼續前進。

隨著距離愈拉愈近，小結看出對方是個與她年齡相仿的男孩。

幸好不是個胖叔叔之類的。從那男生的身材看起來，應該很容易就可以讓路過去。

小結猜想男孩應該是當地的小學生。男孩身穿藍色的條紋T恤搭配短褲，快步朝向這方走來。

在狹窄的小巷子裡，男孩與小結兩人各自讓身體靠近另一邊的住家牆壁，準備擦身而過。

男孩的身材高瘦，看起來反應十分靈敏的樣子。男孩先和小匠擦身而過，接著與小結擦身而過時，瞥了小結一眼，然後一副覺得有趣的模樣露出不懷好意的笑容。

「……啊……」

小結倒抽一口氣。

小結聽見男孩呵呵笑了兩聲後，嘀咕說：

「什麼嘛，原來你們也是客人啊——」男孩就這麼頭也不回地在小巷子裡再次快步走去。

小結站在原地目送著男孩的背影離去。小匠拉了小結一下說：

「姊姊，妳在幹嘛？快走吧！」

「……那男生……」

小結先做一次深呼吸讓心情平復下來後，才接著說：

「……不是人類……我猜應該是狐狸……」

「咦？」

小匠從小結身旁探出頭看向小巷子深處時，男孩已經化爲小小一道黑影，正準備穿出另一邊的巷口。

——原來你們也是客人啊——

男孩的嘀咕話語讓小結感到在意，內心動搖。

他說客人是什麼意思？

小結在昏暗的小巷子裡佇立不動，陷入思考之中。

3 奶奶家

「小結！小匠！」

奶奶的聲音傳來，小結驚訝地回過神來。

「是奶奶耶！」

小匠跑了出去。看見奶奶就站在巷口，小結也急忙跑出去。

小結和小匠朝向奶奶奔去，奶奶在穿出小巷子的馬路上，笑容滿面地抱住兩人。

「歡迎來玩！真高興看到你們！」

奶奶每年都會這麼說來表示歡迎。放寒假時，小結他們只要一抵達門前町的老家，奶奶一定會說出同樣一句話。

「爺爺剛剛打電話回來，說你們在椿木神社的後面，所以我正打算去接你們呢！幸好有遇到你們，沒有錯過。」

「我們搭公車來的，結果公車消失不見了！」

小匠連打聲招呼也沒有，情緒激動地一劈頭就這麼告訴奶奶。

「乘客也消失不見了！那些乘客出現又消失，然後又出現，最後又消失不見了！」

小結也不服輸地大聲這麼說之後，發現自己忘了打招呼，急忙像在找藉口似地開口說：

「還有，奶奶好。」

小匠也總算打招呼說：「奶奶好。」

「嗯，好、好。我們回家去吧！」

儘管聽了小結兩人的激動發言，奶奶卻絲毫沒有表現出驚訝的模樣，奶奶一手牽著小結、另一手牽著小匠走出去。每次和奶奶出門時，奶奶也總會像這樣牽著兩人一起走路。

每次奶奶總是右手牽著小結，左手牽著小匠，爺爺抱著小萌出門。小結已經小學五年級，現在和媽媽出門都不會牽手，但奶奶不同。從很小很小的時候，奶奶的右手就專屬於小結，到現在也沒有改變。讓奶奶粗糙溫暖

的手牽著走在門前町的馬路上，小結不禁有種「真的回到了爸爸故鄉」的感覺。

「公車突然消失不見了耶！」

在馬路上走著走著，小匠再次這麼說。

「是喔，真的啊。」

奶奶從容不迫地點頭應道。

說到爸爸的母親，也就是門前町的奶奶，小結從來沒有看過奶奶驚慌失措的模樣。奶奶總是笑咪咪地照著自己的步調行事。就是牽著小結和小匠走路的此刻，奶奶臉上也浮現讓人放鬆心情的溫柔笑容。

小結望著奶奶的笑臉詢問說：

「爺爺跟我說沒有任何叫荒神口的車站，真的嗎？我和小匠下車時明明看見站牌寫著『荒神口』……」

「那個車站真的就叫做荒神口。我有看到站牌上除了國字，還標出注音。」

小匠也附和說道。接著，小結和小匠把今天從搭電車坐過頭，到抵達椿木神社後方的整個經過，你一句我一句地描述給奶奶聽。

包括搭上一輛開往「繼名祭典」的公車、看見乘客消失又出現，還有下公車後與爺爺講電話時的短短一瞬間，公車便消失不見的事實，兩人都描述給了奶奶聽。

「可能花倉山要舉辦什麼盛大的祭典吧。」

兩人停下描述時，奶奶這麼說道。

小結反問說：

「花倉山要舉辦祭典的意思是會在椿木神社舉辦嗎？那個祭典就叫做『繼名祭典』嗎？」

「不是。」

奶奶搖搖頭。

「椿木神社會舉辦兩次祭典，分別在春天和秋天，夏天不會舉辦祭典喔！奶奶剛剛說的不是神社的祭典。不是在神社，應該是今年要在花倉山舉辦什麼山中祭典吧。因爲這樣，客人才會聚集到花倉山來。」

「山中祭典是什麼祭典？」小結試圖詢問時，奶奶開口說：

「好了，到家了。快進來吧！」

小結發現已經來到爺爺奶奶家的黑色木柵欄前方。奶奶推開設在柵欄中間的推拉門鑽進去後，跟著繼續推開就在門後的玄關推拉門，邀請小結和小匠進到屋內。奶奶似乎沒有鎖門，就這麼走出家門去迎接小結兩人。在爸爸的故鄉，不論是爸爸家，或是附近鄰居，都不太在乎鎖不鎖門這回事。雖然晚上要睡覺時，或打算在外過夜時，還是會把玄關門鎖上，但如果只是白天時間要出門一下，就不會每次鎖門。

敞開的推拉門後，有一小塊地面沒有鋪上木板的玄關處，一陣涼風和奶奶家的氣味迎接小結兩人的到來。從玄關踏上高了一階的木地板往左手邊看去，就會看到浴室和盥洗室的毛玻璃門，右手邊會看到廚房門，正前方則是通往有四坪大的客廳的格子拉門。

「你們兩個都快去洗手漱口一下。奶奶已經切好西瓜冰在冰箱裡，也有冰淇淋，你們想吃哪個？」

奶奶已經迅速走進屋內，往廚房走去。小結和小匠在浴室門口旁邊的洗手台洗手漱口後，進到面向簷廊的客廳。

「你們先把行李放到二樓去吧！媽媽幫你們寄的行李也都到了，奶奶已經幫你們放到二樓去了。」

每次寒假回來門前町的家過夜時，小結一家人固定會睡在二樓的房間。小匠立刻發出咚咚咚的聲音，從客廳爬上通往二樓的陡斜階梯。

小結在爬上二樓之前，先向奶奶確認說：

「奶奶，晚上我們可以在和室睡覺吧？跟奶奶一起鋪床睡覺。」

「嗯，可以啊！」

奶奶在廚房裡答道。以前寒假回來門前町時，小結和小匠有時也會在客廳隔壁的六坪大和室鋪上三張床墊，夾著奶奶一起睡覺。爺爺和奶奶的臥室其實在和室後面的四坪大西式房間，但每次只要小結兩人撒嬌，奶奶就會把爺爺獨留在西式房間，陪小結兩人一起睡覺。然後，奶奶會說很多古老傳說或靈異故事給小結兩人聽，直到兩人在暖烘烘的被窩裡睡著。對小結和小匠來說，奶奶的睡前說故事時間是他們回來門前町過夜的樂趣之一。

小萌因為年紀還小，總是比大家睡得早，所以還沒聽過奶奶說的故事。爸爸和媽媽不曾在和室鋪床睡覺過，打呼聲簡直像怪獸在吼叫的爺爺也不曾來到和室睡覺。所以，睡前說故事時間一直是只屬於小結、小匠和奶奶三人的特別時間。

想到今晚又可以享受好久沒聽到的奶奶說故事時間，小結就覺得興奮不已。

對了……到時候也來問問看好了。一定要叫奶奶告訴我們她剛剛說的「山中祭典」是什麼樣的祭典。

小結和小匠把行李放上二樓，打開宅配到奶奶家的大旅行袋後，脫去從家裡穿來的旅行外出服，換上平時穿的便服。

兩人走下一樓後，看見矮桌的正中央放著一只大盤子，盤子上排滿看起來像紅色金字塔的西瓜。簷廊和客廳之間的格子拉門，以及面向庭院的玻璃落地窗都大大敞開，緩緩徐風吹進屋內，墊腳石另一端的鳳仙花叢也隨風搖曳著。

「哇……奶奶，好多西瓜喔！」

小結瞪大眼睛說道，小匠雀躍不已，以滑壘般的動作滑到矮桌前坐下來。

「太棒了！西瓜吃到飽！」

奶奶捧著給大家分著吃的小盤子和湯匙，從廚房裡現身。

「我本來想先拿冰淇淋出來，但後來想說還是先讓你們把西瓜吃一吃，不然冰箱都快冰不下東西了。」

奶奶也在矮桌前坐下來，大家開始吃起西瓜時，玄關的推拉門突然被使勁推開，爺爺的聲音隨之傳來：

「小結！小匠！你們到了沒？」

開車去到紅葉橋車站迎接小結兩人的爺爺回來了。

「爺爺好！」

看見爺爺推開格子拉門進到客廳來，小結兩人立刻向爺爺問好，爺爺臉上浮現鬆了口氣的表情。

「我擔心得要命。一直沒看到你們下電車，電話也突然接不通，後來好不容易接通電話，你們竟然說已經到了椿木神社的後面……」

小結和小匠又想起今天的奇妙遭遇，不由得互看一眼。

「你們一定是過了一站在瀨川下車的。如果是瀨川，車站前面就可以搭到『十二神社巡禮』的公車。那班公車也會停靠椿木神社前面。一定是這樣沒錯。」

看來爺爺似乎一直努力以他的邏輯，思考該如何解釋小結兩人的不可思議遭遇。看著爺爺一鼓作氣地把他思考到最後而得的故事情節說出來，小結和小匠再次互看一眼。

「可是……」

小結有些遲疑地插嘴說道。

「我們下車的車站不叫瀨川。我確認過月台上的站牌……站牌上寫著『荒神口』。」

「是妳看錯了吧。」

爺爺說得十分果決。

「可是，我也看到了。」

儘管小匠一副無法接受的模樣說道，爺爺還是沒打算理會兩人的說法。

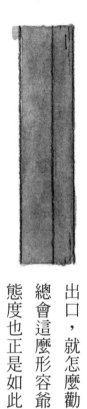

「一定是你們兩個都會錯意了。根本沒有什麼叫做荒神口的車站。」

門前町爺爺有時候挺固執的……應該說，相當固執。「他一旦說出口，就怎麼勸也勸不聽。」奶奶總會這麼形容爺爺，而爺爺現在的態度也正是如此。對於自己思考出來的情節，爺爺似乎沒有要接受否定意見的打算。

「怎麼想也只有這個可能性。根本沒有什麼叫荒神口的車站，而且剛才站務員跟我說只有紅葉橋和瀨川車站前面的公車路線，才會經過椿木神社。不過，總之現在也已經平安到家，真是太好了！」

爺爺一邊這麼說，一邊在矮桌前坐下來。爺爺伸手準備拿西瓜時，挨了奶奶的罵：

「爺爺，要先去洗手才能吃。」

「哎呀……我忘了。」

等爺爺起身走去洗手台後，小結像在講悄悄話似地對著奶奶低聲說：

「奶奶，我還是覺得不是爺爺說的那樣。瀨川和荒神口這兩個車站的名字一點都不像，沒道理會搞錯吧？而且，不可能我和小匠兩個人都看錯吧？」

「說的也是。」

小匠也嘟起嘴巴說：

「還有啊，公車也不是停在椿木神社的前面。公車穿過黑漆漆的隧道後，就抵達神社後面的樹林了。」

奶奶一邊用湯匙挑開西瓜籽，一邊笑咪咪地說：

「你們爺爺啊，他一旦說出口，就怎麼勸也勸不聽。所以呢，只要回他『對啊、對啊』就好了。」

小結很想知道奶奶的看法，但還來不及詢問，爺爺已經回到客廳來。

「小結、小匠，你們多吃一點啊！這是隔壁的林先生家田裡種的西瓜，很甜喔！」

說罷，爺爺大口大口地吃起西瓜。

門前町爺爺和小結他們的爸爸長得很像……不對，應該說小結他們的爸爸像極了爺爺才對。如果讓爸爸老上三十歲，肯定會變得跟爺爺像一個模子刻出來的一樣，反過來如果讓爺爺年輕個三十歲，長相應該會跟爸爸一模一樣。

小結心想爸爸的外表應該是遺傳到爺爺，個性則是遺傳到奶奶。爸爸總是照著自己的步調行事，面對任何事物都不會動搖的個性像極了奶奶。

「小結、小匠，要不要來比比看誰可以把西瓜籽噴得最遠？」爺爺這麼提議後，抓起第二塊西瓜，走出簷廊。

「好啊！」

小匠立刻拿著還沒吃完的西瓜，追在爺爺的後頭走去。小結也拿著吃了一半的西瓜，在爺爺身旁坐下來。

門前町的家明明沒有開冷氣，卻十分涼快。徐風從庭院向著簷廊吹拂而過，小結坐在簷廊上，赤腳踩著墊腳石，被太陽曬得暖烘烘的墊腳石熱度從腳底緩緩傳達上來。

爺爺發出「噗！」的一聲，卯足勁地噴出西瓜籽，西瓜籽越過鳳仙花叢，一路飛到南天竹的根部。

小匠也用力吸一口氣噴出西瓜籽，結果掉進茂密的鳳仙花叢裡。

「可惡！」

小匠皺著眉頭說道，小結接在後頭噴出西瓜籽，西瓜籽一路飛到比爺爺遠一點的位置。

「我剛剛噴西瓜籽的時候正好有風吹過來。」

小匠替自己找藉口說道，但小結沒打算理會。

「小結，一定會有好事發生的！」

爺爺咬一大口西瓜說道。

「把西瓜籽噴到最遠的地方的人，一定會有什麼好事發生在那個人的身上！」

25

在那之後，小結、小匠和爺爺繼續噴西瓜籽直到吃完手上的西瓜，結果噴來噴去，還是小結第一次噴的那粒西瓜籽飛得最遠。

「整個院子被噴的到處都是西瓜籽。」

小結環視爺爺家的庭院一圈說道。爺爺家的庭院不算大，被黑色木柵欄圍起的庭院地面覆蓋著一層蓬鬆的苔蘚，上面四處種植著各種各樣的花草樹木。除了鳳仙花、瑞香、六月菊、繡球花、毛櫻桃、日本紫珠之外，也有長高到二樓去的柿子樹、雞爪槭和櫻花樹。庭院裡的樹木枝頭上，也傳來熱鬧的蟬鳴聲。

小匠噴出最後一粒西瓜籽，西瓜籽朝向庭園造景石飛去。小匠看著造景石的方向說：

「搞不好整個院子會一顆又一顆長出西瓜來也說不定喔！要是真的變成那樣，要怎麼處理？」

爺爺顯得開心地點頭說：

「那就明年大家一起摘西瓜囉！這樣就可以吃我們自己家的西瓜，不用吃林先生家的西瓜了。到時萬一長出太多西瓜，我們也拿去分給附近鄰居！」

小結想像庭院裡長滿一顆顆西瓜的畫面，也跟著開心起來。

奶奶的聲音從身後的客廳傳來：

「小結、小匠，吃完西瓜後，要不要跟奶奶一起去買東西？吃晚飯前爺爺會休息一下，所以我們三個人去買東西吧！願意陪奶奶去的小孩，奶奶會請他喝好喝的冰咖啡喔！」

「也可以玩一下扭蛋嗎？」

小匠立刻撒嬌地提出請求，奶奶坐在披上淡淡陰影的矮桌前點點頭說：

「沒問題，今天就讓你們玩兩次扭蛋。」

每次在門前町和奶奶一起去買東西時，奶奶一定會帶小結他們到商店街裡的「萬物雜貨店」，去玩一台台排在店門口的扭蛋機。雖然這也是每次都會有的福利，但今天的福利特別好，不僅可以玩兩次扭蛋，還外加冰咖啡。

收拾好西瓜的盤子後，小結、小匠和奶奶留下打著哈欠的爺爺，三人一起出門買東西。

三人緩緩走在門前町的街道上，朝向與剛才一路走來的椿木神社反方向的商店街前進。

4 扭蛋和冰咖啡

明明已接近傍晚四點鐘，外頭的陽光卻仍然如日正當中般耀眼。白色光芒照耀下，小結三人踩著一棟接著一棟迎來的房子陰影前進。在小結負責拿奶奶的購物籃之下，奶奶這次也是左右手各牽一人，三人並肩而行。門前町沒有人行道，但即使在馬路上並排走路，也鮮少有車子經過。

「奶奶，妳剛剛不是說過嗎？妳說花倉山會舉辦祭典。」

一離開家裡，小結立刻開口詢問。小結一直等待時機，想要在只有三人的時候發問。

「那是什麼樣的祭典？奶奶有去過嗎？」

「奶奶沒有去過，但奶奶的爸爸有提到過。奶奶的爸爸說他小時候曾經看過山裡在舉辦祭典，就看過一遍而已。」

「山裡的祭典？花倉山嗎？」

小匠在隔著奶奶的另一端問道，奶奶回答：

「不是，奶奶的爸爸看到的祭典不是在花倉山，而是在岩根山。聽說那年因爲岩根山的山姥姥生小孩，所以在那裡舉辦慶祝祭典。」

「岩根山是什麼地方？在哪裡？那裡有山姥姥喔？」

小匠連環炮似地發問後，奶奶笑著對小結和小匠說：

「你們聽好，每座山都有山主人，但這些山主人叫什麼名字，其實都只是人類自己亂取的。像是山姥姥、山童、天狗，或是妖怪之類的。岩根山是在門前町東邊的……你們看，就是那座三角形的山。」

小匠望向奶奶視線前方的高山，接著像機關槍似地詢問說：

「那座山以前有山姥姥啊？現在還在嗎？」

奶奶歪著頭說：

「奶奶也不知道耶。畢竟山主人很少讓任何人看見他們的蹤影，所以大家都不知道他們有沒有住在山裡，不過，奶奶覺得應該還住在山裡吧。然後只要有什麼值得慶賀的事，肯定又會在山裡舉辦慶祝祭典。舉辦祭典的時候，山主人就會在受邀參加的客人面前現身。聽說只有那些客人才看得到山主人的模樣。」

這回換成小結發問：

「那奶奶的爸爸去到岩根山的祭典時，有看到山姥姥嗎？」

奶奶凝視著聳立在街道另一端的岩根山，笑咪咪地描述起來：

「奶奶的爸爸叫利男。那時候小利男可能才剛上小學，也可能還沒上小學。有一年夏天，小利男跑到岩根山玩耍，結果迷路了。小利男經常去岩根山玩，當時也沒有跑到深山裡面去。小利男只是想跟平常一樣去抓淡水蟹，所以往山腳下的溪流方向走，但不知道爲什麼卻突然迷路了。小利男走來走去，就是到不了溪邊，他想要折返回去，也找不到路可以通往馬路。走著走著，天色開始暗了下來，四周變得一片黑漆漆。小利男一個人在山裡哭哭啼啼時，忽然聽到不知道哪裡傳來很多人在講話的聲音。七嘴八舌、吵吵鬧鬧的聲音愈來愈近，沒多久，小利男看見一大群人，而且每個人手上都提著燈籠。一群人來到小利男面前的位置後，利用燈籠的光線照著立在附近一棵樹底下的石柱，不知道在確認什麼。這時，站在人群最前面的一個人開口說：『找到了！就是這裡沒錯！這裡就是荒神口。錯不了，這裡就是祭典的御門。』」

「荒神口？」

小結和小匠從奶奶的左右兩方探出頭，互看彼此。

奶奶一副愉快的模樣注視著兩人，又開始描述起來：

「那根石柱上面似乎刻著不知道什麼艱深的漢字和箭頭，年紀還小的小利男根本看不懂那些漢字。不過，因爲聽站在前頭的人所說的話，小利男便自己猜想那肯定是標示出『荒神口』的路標石柱。在那之後，提著燈籠的一群人照著路標的箭頭方向走去，於是小利男也跟在隊伍最後面一起前進。沒辦法，如果不這麼做，小利男又要孤單一個人被留在一片黑暗之中，不是嗎？小利男當時應該是覺得只要跟著隊伍前進，就可以走到某戶人家的住處吧。小利男就這樣跟在隊伍最後面，聽說那群人也沒有因爲這樣說什麼。一群人表現得就像根本沒有看到小利男的存在一樣，大家七嘴八舌地一邊交談，一邊在黑漆漆的樹林裡往前走去。小利男跟在隊伍最後面，豎起耳朵聆聽大家的交談內容。結果你們知道怎樣嗎？小利男聽到讓人驚訝不已的內容。」

「什麼內容？」

小匠一副等不及想知道答案的模樣插嘴問道。奶奶稍作停頓，換口氣後繼續說：

「小利男聽到大家異口同聲地說著『這是要慶祝山主人生產的祭典』、『我們要好好慶祝岩根山的山姥姥生小孩』之類的話。小利男察覺到提著燈籠的一群人似乎準備去參加慶祝山姥姥生產的祭典，忍不住害怕了起來。而且仔細一聽，才發現山裡的黑暗深處隱隱約約傳來吹笛子和敲太鼓的聲音。小利男心想山姥姥不知道在這座山的深山某處生了小孩，所以爲了慶祝這件事正在舉辦祭典。」

「結果小利男怎麼做？逃跑了嗎？」

小匠一副心驚膽跳的模樣又插嘴問道。奶奶露出帶著笑意的目光看向小匠，反問說：

「如果換成是你，你會怎麼做？你會脫離隊伍逃跑嗎？……可是啊，你要知道如果逃跑了，就又要一個人在黑漆漆的山裡到處徘徊喔。小利男不知道該怎麼辦才好，但即使如此，還是膽顫心驚地一直跟在隊伍後面……結果啊，就這樣前進好一會兒，開始傳來響亮的祭典音樂時，小利男看見一道身影單獨站在黑暗樹林的前方。那是一個留著長頭髮的女人身影，長髮女人穿著純白色和服，站在一片黑暗之中。長髮女人全身發出朦朧的藍白色光芒，趕走了四周的黑暗。明明沒有任何燈光，小利男卻可以清楚看見長髮女人的模樣。」

「山姥姥？長髮女人是山姥姥，對不對？」

小匠再次插嘴問道，小結終於忍不住抱怨說：

「小匠，拜託你閉嘴好不好？奶奶在說話，你不要半途一直插嘴問來問去。」

「人家忍不住嘛……」

小匠嘟嘴說道。奶奶呵呵笑了兩聲後，繼續說：

「長髮女人不是山姥姥。說穿了，長髮女人扮演的就是一個替祭典會場把關的角色。長髮女人對著燈籠隊伍的一群人深深行了一個禮，然後開口說：『請出示牌子。』聽到身穿白色和服的長髮女人這麼說之後，燈籠隊伍的每個人朝向她伸出手，不知道手裡都拿著什麼讓對方確認。一群人就這樣一個接著一個讓長髮女人確認手裡的東西，依序通過守門人的面前往前進……可是，小利男根本沒有什麼牌子。這下子怎麼辦才好？小利男心跳加速地跟著隊伍走向守門人。終於輪到了小利男，小利男站在守門人的面前支支吾吾地不知道該說什麼時，守門人直盯著手上沒有任何東西的小利男的手看，然後開口說：『沒有牌子的人不能過去。您請回吧！』守門人話一說完，忽然吹來一陣強風，把樹林吹得唰唰作響。然後啊，忽然間，原本近在小利男眼前的樹林裡的祭典燈光，傳進耳裡的熱鬧祭典音樂，還有一大群人的喧嘩交談聲，這所有一切就像燭火被吹熄一樣，全消失不見了。

等到小利男察覺時，他已經來到山和城鎮的交界處，獨自一人站在黑漆漆的道路上。不過啊，小利男說在他被強風吹回到城鎮的道路上時，有那麼短短一瞬間，隔著隨風搖曳的樹林看見了祭典的狀況。小利男看見鹿、山豬、烏鴉等各種動物，還有一群可疑的不明存在聚集在祭典上，看似開心地在跳舞。」

奶奶停頓下來，然後瞇起眼睛仰望著街道另一端的岩根山。小結抱著一半感到鬆了口氣、一半感到失望的心情嘀咕說：

「小利男……奶奶的爸爸結果還是沒有遇到山姥姥啊。」

小匠回頭看一眼與岩根山反方向的花倉山，然後抬頭看向奶奶說：

「意思就是說，這次換成是花倉山的山姥姥生小孩，所以要慶祝囉？」

奶奶如往常般歪著頭，注視小結和小匠說：

「奶奶也不確定耶。不過，今天聽到你們說『荒神口』這個字眼，讓奶奶想起以前聽奶奶的爸爸說過的事。那已經是很久很久以前的事了。搞不好你們兩人也是不小心混進準備去花倉山參加慶祝祭典的客人之中，但因爲你們沒有牌子，所以被送回來這裡也說不定。」

「可惡！好想有機會可以看到山姥姥喔。」

小結忍不住暗自嘀咕：「剛剛一路聽奶奶描述時，小匠明明嚇得要命，現在倒是有勇氣說這種話。」

商店街的入口已出現在眼前。

「對了！」

奶奶一副忽然想起什麼的模樣，又說起祭典的話題：

「奶奶的爸爸看到岩根山祭典的那一年，聽說出現很多螢火蟲。還有，那一年的香魚和山女鱒也都大豐收……牠們肯定都是爲了祝賀山姥姥，聚集到這裡來的吧。其實呢，今年也是一樣的狀況。」

「今年也是一樣的狀況？」

小結不由得反問道，奶奶點點頭說：

「嗯，今年的螢火蟲也多得嚇人。今年的梅雨不是下得特別久嗎？每年通常到了七月半的時候，就不會再看到螢火蟲，但今年像是田邊的水渠附近，或是夏越川的河邊，都還看得到螢火蟲飛來飛去。對了，今天晚上吃完晚餐後，可以請爺爺帶你們去看螢火蟲。差不多三天前，我們去爺爺朋友家玩的回家路上，路過鄉公所前面的那座橋時，看到無敵多的螢火蟲在河邊的竹林裡發光，看上去就像聖誕節的燈海一樣漂亮極了！」

「真的嗎？好酷喔！可以看到螢火蟲耶！」

可能是感到很興奮吧，小匠不顧與奶奶牽著手就這麼跳來跳去。

小結和小匠都還不曾親眼看過螢火蟲。去年小結他們參加過附近飯店所舉辦的「螢火蟲黃昏秀」，結果那活動是在面向餐廳的飯店庭院四處點綴上LED燈營造出像螢火蟲的感覺供人欣賞，而不是真正看得到螢火蟲。

小結光是想像螢火蟲像燈海一樣在竹林裡發光飛來飛去的畫面，也感到情緒激昂起來。小結不禁心想：**幸好決定暑假來門前町玩**。

商店街裡，可看見傍晚外出購物的客人來回穿梭。雖然四周仍充斥著明亮的陽光，空氣中也夾帶著熱氣，但落在馬路上的影子拉長許多。看得出來太陽已慢慢西沉。有別於小結他們所居住的城市裡的大型超市，門前町的商店街裡會看見小小的店家，密集排列在馬路兩側。據說以前的商店街更加熱鬧，但現在可看到不少店家拉下鐵門，有些店家甚至已經拆除招牌停止營業。

即便如此，還是可看到蔬果店的門口滿滿排列出當地的現摘蔬菜，魚店的展示櫃裡除了鮭魚、白肉魚片之外，也排列出在超市不太有機會看到的新鮮淡水魚。魚店門口有現烤的香魚，小結看見有人買了好幾串剛烤熟的鹽烤香魚，心裡猜想或許是買來當晚餐的配菜。

奶奶在魚店前面停下腳步，小結和小匠向奶奶拿了玩扭蛋的錢之後，直奔位在郵局和地方銀行對面的「萬物雜貨店」。據說在爸爸小時候，這家店的店名叫「萬物百貨店」，食品、雜貨就不用說了，當時甚至會賣一些服飾和化妝品，可說是一家什麼都買得到的店。如今老闆年事已大，開店只是爲了消遣，所以變成小小規模的一家店。「萬物雜貨店」與其說是雜貨店，更像是把柑仔店與文具店結合在一起的商店，專門賣一些吸引人的奇妙商品。

小結和小匠每次來到門前町玩時，一定會多次光顧「萬物雜貨店」。從小看爸爸長大的老闆萬屋源太郎，也認得小結和小匠兩人。

比小結搶先一步來到萬物雜貨店門口後，小匠推開推拉門，以活力十足的聲音朝向雜貨店最裡面打招呼說：

「源爺爺！你好！」

「聽到了！」

一個頭上光禿禿、身材高大的男人，從排得亂七八糟的商品堆後方猛地抬起頭。這位小匠稱呼爲源爺爺的男人，是老闆萬屋源太郎。

「喔！」

看見小匠和小結出現在門口後，源爺爺誇張地大叫一聲。

「我還以爲是誰來了，沒想到竟然是小一的1號小孩和2號小孩！」

源爺爺一向以「小一」來稱呼爸爸。爸爸的名字叫信田一，「小一」是他從少年時期就有的綽號。源爺爺其實記得小結和小匠的名字，卻每次都會像這樣開玩笑地用1號和2號來稱呼兩人。

「最小的那隻3號怎麼沒來？」

「3號這次負責顧家，沒有來喔！」

小匠發出竊笑聲答道。小結做了補充說明：

「這次只有我們兩個人來。爸爸很忙，所以沒時間來，小萌也因爲要參加幼兒園的過夜活動之類的而沒辦法一起來，所以只有我和小匠兩個人。」

「是喔？路途那麼遙遠，你們兩個自己來到門前町啊？你們兩個都長大了呢！」

源爺爺瞪大眼睛，流露出驚訝的表情。

「姊姊，我們來玩扭蛋機！」

打完招呼後，小匠立刻掉頭回到擺設在店門口屋簷下的扭蛋機前面。小結也緊握著奶奶給的四百日圓，站到扭蛋機的前方。

「萬物雜貨店」只擺設兩台扭蛋機。源爺爺應該是刻意要分成男生專用和女生專用的扭蛋機吧，兩台當中的一台是「閃亮飾品」的扭蛋機，另一台則是放了「絕種動物系列」的動物模型。這兩台扭蛋機都沒有大獎，也不會掉出十分稀有的商品。即便如此，小結和小匠還是會很期待與奶奶出門買東西時可以玩扭蛋機。

只要投入兩枚一百日圓硬幣，再轉動大大的旋轉鈕，就會掉出一顆裝著商品的透明塑膠蛋。

以前每次與奶奶出門買東西時，都只能轉一次扭蛋機，但今天小結和小匠都接連轉了兩次扭蛋機。「吼——這兩個我都已經有了。」

小匠看著掉出來的動物模型，有些失望地說道。

小結打開圓圓的透明塑膠容器，緩緩取出內容物。

第一顆扭蛋跑出來有小星星做點綴的吊飾，小結以前也轉到過這

個商品，所以十分熟悉。不過，第二顆扭蛋跑出小結第一次看見的飾品。那飾品是一個崁入藍寶石的小小胸針。雖說是藍寶石，但當然不可能是真正的藍寶石。只不過，這胸針確實相當罕見。

「哇——好美……」

小結舉高胸針在黃昏的陽光底下一照，發現崁在胸針上的藍石子宛如彩虹吉丁蟲的翅膀般，發出閃耀的七色光芒。

搞不好是我把西瓜籽噴得最遠，才會幸運得到胸針……

小結決定把星星吊飾送給奶奶，連同藍石子胸針一起收進裙子口袋裡，跟著把塑膠空殼投入扭蛋機旁邊的回收盒。小匠也發出「碰！碰！」兩聲把圓形塑膠殼投進回收盒，再把戰利品收進口袋裡。

「好了！接下來要來喝冰咖啡了！」

小匠精神奕奕地大喊後，朝向在店內最深處的源爺爺揮揮手。

「源爺爺！我們下次再來喔！拜拜！」

「嗯，1號、2號，記得再來玩喔！」

「源爺爺，再見！」

小結也揮手道別後，關上店門。

奶奶已經離開魚店，繼續往前走到隔壁第三家的豆腐店門口買豆腐。豆腐店的屋簷下立著招牌，招牌上寫出「名水豆腐」的字樣。

「奶奶，我來幫忙拿東西吧！」

說著，小結伸手接過奶奶拎在手上的四方形購物籃。小結看見購物籃的角落凸出四根竹串。

「哇！有串烤耶！那是鹽烤香魚對不對？」

小匠眼睛發亮地問道。門前町商店街的魚店會在現場炭烤香魚來賣，而小結和小匠都知道那香魚的表皮焦香酥脆、魚肉鬆軟，好吃得不得了。

「奶奶還買了鯉魚的生魚薄片喔！」

奶奶舉高另外拎在手上的塑膠袋說道。鯉魚的生魚薄片是罕見的鯉魚生魚片，品嘗時會沾唐辛子醋味噌醬來吃。門前町的魚店賣的鯉魚生魚薄片新鮮又美味。

在小結負責拿購物籃、小匠負責拿裝了名水豆腐和鯉魚生魚薄片的塑膠袋下，三人一起準備前往「轉角食堂」喝冰咖啡。

剛剛吃西瓜時小結因爲吃得太飽，心想哪可能還喝得下冰咖啡，沒想到在蟬鳴聲如陣雨般陣陣傳來之中走到商店街後，已經口渴得思念起滋味香甜的冰咖啡。

在商店街外圍的十字路口轉角處有一間食堂，店名也正好就叫「轉角食堂」。這間食堂是一位角野先生在經營，據說原本取名為「角野食堂」，但後來一方面因為思考到食堂就位在十字路口的轉角處，所以改成掛起寫上「轉角食堂」的招牌。

混雜著烏龍麵高湯、咖哩以及定食熱炒料理的香味滿溢，從食堂牆上的抽風口飄到馬路來。食堂的門口旁邊有一處高度及腰的窗口，客人想要外帶冰咖啡、刨冰或霜淇淋時，都會從這個窗口點餐。不過，小結他們在寒假前來時，「轉角食堂」的菜單上不會出現冰咖啡，也不會出現刨冰。冬季時，外帶菜單就只有鯛魚燒以及章魚燒。

「我要三杯冰咖啡。」

奶奶朝向窗口內點餐後，三人等待著店員把冰鎮過的甜滋滋咖啡倒進小杯子時，一陣黃昏時分的風攪拌著熱氣，從商店街吹拂而過。

……咦？

小結在夾帶著各種不同氣味的風中，嗅到奇妙的氣味，於是豎起順風耳。

狐狸……？

風中似乎夾帶著狐狸的氣味。小結的腦海裡浮現今天從椿木神社前往奶奶家的途中，在小巷子裡遇到的男孩身影。

小結在黃昏的馬路上四處張望，尋找著身穿條紋T恤搭配短褲的男孩身影。

小結看見一個怪小孩躲在馬路對面的電線桿後方。

對方是個比小匠年紀小的男孩。小結猜想男孩可能只有小學一年級，也可能還在念幼兒園。總之，對方比剛才遇到的男孩年幼許多。不過，小男孩的服裝和剛才的男孩十分相似。小男孩一樣穿著藍色的條紋T恤搭配短褲……奇怪的是，小男孩臉上戴著狐狸面具。

北

小男孩又不是參加祭典卻戴著狐狸面具，而且躲在電線桿後方往這邊看。小結不由得直盯著小男孩看。小男孩似乎察覺到小結的注視目光，忽然從電線桿後方冒出來，迅速跑出去。小男孩像逃跑似地在馬路上漸漸拉遠身影。

「……那小男孩是怎麼回事？」

小結輕聲嘀咕道。風不再吹來，狐狸的氣味也已消失不見。剛才那股狐狸的氣味到底從哪裡飄來？會是戴著狐狸面具的小男孩身上的氣味嗎？因爲氣味實在太淡，小結難以掌握來源。

不過……明明已經變身成人類的模樣，還特地戴上狐狸面具也太奇怪了吧？小男孩到底是什麼身分？人類？還是狐狸？

假使小男孩是狐狸，就等於小結今天遇到了兩隻狐狸。

「姊姊，妳不喝冰咖啡喔？」

店員早已遞出冰咖啡，小結卻是發楞地遲遲沒有接過冰咖啡，小匠因此開口問道。

「……喔，不好意思，謝謝。」

小結急忙從店員手中接過冰涼的杯子，喝下一大口香甜的冰咖啡。一坨沁心涼的物體穿過小結的喉嚨，滑落到肚子最底部。即使已經喝下肚，小結嘴裡還留有咖啡的香氣以及糖水的甜味。

小結一邊喝第二口冰咖啡，一邊回想奶奶說的話。想到奶奶說過小利男看見各種動物聚集在一起參加山中祭典，小結在心中暗自嘀咕起來。

搞不好也有一大群狐狸聚集來參加祭典……肯定是這樣，才會看見變身成人類的狐狸在門前町到處走動……

5 螢火蟲之夜

喝完冰咖啡踏上歸途時，整座城鎮已籠罩在黃昏的氣氛之中。等到察覺時，才發現油蟬已在不知不覺中停止大合唱，換成暮蟬不知在何處鳴叫。

奶奶忙著準備晚餐時，小結和小匠幫忙爺爺在庭院灑水。浴室窗外有一座小井，必須先上下擺動搖水泵把井水打到水桶裡，再用大大的水瓢舀起井水，灑在庭院裡的花草樹木根部。因爲庭院每一處都需要灑水，所以必須一直打水到水桶裡，在水井和庭院之間來來回回跑

上好幾趟。

「今天多了幫手，真是輕鬆啊！」

看著小結和小匠一下子在水井旁打水，一下子搬水桶到庭院，爺爺一副開心的模樣說道。

「爺爺，你今天晚上帶我們去看螢火蟲好不好？」

小匠立刻趁機向爺爺撒嬌提出請求。

「嗯——我想想啊。」

爺爺抬頭仰望在庭院上方延伸開來的黃昏天空陷入沉思。

「天氣這麼好，搞不好會看不到螢火蟲。螢火蟲比較喜歡霧濛濛的潮濕夜晚。如果有雲層蓋住夜空的話，星光和月光也會被遮住，這樣就可以清楚看到螢火蟲發光，對吧？在那樣的夜晚，螢火蟲會用發光的方式跟同伴溝通，把同伴都叫出來。」

此刻，一整天發出耀眼光芒的太陽總算漸漸西沉。太陽在一天的最後投來玫瑰色的光芒，把籠罩庭院的空氣染成粉紅色，一切隨之泛起美麗的光芒。

「可以吃飯了喔！」

奶奶的呼喚聲傳來。

小結三人洗好手再進到屋內後，看見客廳的矮桌上排滿豐盛的佳餚。除了鹽烤香魚、鯉魚的生魚薄片、肉丸子味噌湯、名水豆腐的冷豆腐料理之外，還有奶奶用米糠醃漬、色彩豔麗的小黃瓜、茄子以及高麗菜醬菜。

「哇！好好吃的樣子喔！」

「好豐盛啊！」

小結和小匠大快朵頤地享用奶奶煮的晚餐。

「咦？」晚餐吃到一半時，奶奶忽然往簷廊的方向看去。屋外已經黑漆漆一片，但客廳的格子拉門以及簷廊的落地窗還大大敞開著。太陽下山後，蚊子就會出來活動，所以簷廊的角落點著漩渦狀的蚊香。蚊香的白煙帶著令人懷念的味道，隨著從庭院吹拂而來的微風輕飄飄地晃動。

奶奶保持看向屋外的姿勢，豎起耳朵聆聽。小結也驚訝地察覺到輕柔落下的雨聲，在黑漆漆的庭院裡響起。

「咦？在下雨嗎？」

小匠一副吃驚的模樣問道，並在矮桌前抬高上半身觀察屋外。

「下雨了！今天天氣那麼晴朗，現在竟然在下雨！」

聽到小匠這麼說，爺爺嘆了口氣。

「要是早一點下雨，就不用在院子裡灑水了……」

「螢火蟲會跑出來？這樣螢火蟲應該就會跑出來吧？」

雨水開始從屋簷邊滴滴答答地落下，小匠凝視著雨滴興奮問道。

「嗯……如果等一下雨停了，就會跑出來吧。」

爺爺說道。

「畢竟螢火蟲在下雨的時候也不會出現。」

然而，輕柔的細雨彷彿聽見爺爺說的話，隔一會兒後便停了。不僅如此，細雨還像算準時間似的，在小結他們吃完晚餐時停止下雨。

「螢火蟲會跑出來吧？爺爺，現在看得到螢火蟲，對不對？」

爺爺原本小口小口地啜飲倒入空飯碗裡的熱茶，最後無奈地嘆了口氣，點點頭說：

「嗯，現在這狀況看起來也只好帶你們去看螢火蟲了。爺爺就開車載你們到鄉公所那座橋附近去看一看吧。」

「耶！」

小匠擺出贏得勝利的握拳姿勢，奶奶笑咪咪地看著小匠點點頭說：

「可能是你們難得在暑假來門前町玩，所以天氣和螢火蟲都貼心地做了配合。真是個看螢火蟲的絕佳日子呢！」

大家一起迅速做好晚餐的收拾動作後，小結、小匠和奶奶一起搭著爺爺的車，朝向雨過天晴的夜晚街道出發。

短暫的陣雨把白天囤積在道路和草叢的熱氣洗刷一空，門前町的空氣變得冰涼潮濕。打開車窗時，甚至會覺得如果只穿短袖可能太涼快。小結這才明白爲什麼奶奶會在出門前叮嚀她和小匠說：「你們先去穿一件外套再出門。」

深邃的夜色籠罩著城鎮的街道，家家戶戶的窗口流瀉出燈光，溫暖地照射在路面上。青蛙呱呱呱地叫個不停，好不熱鬧。寬廣的田地像在塡補縫隙般，穿插在門前町一排排的住家之間，田地裡的青蛙們想必是等不及夜晚到來，才會開始扯著嗓門高唱。白天的蟬群交棒後，夜晚換成是青蛙們的合唱時間。

在「轉角食堂」的十字路口向左轉，順著公車會經過的路線前進一會兒後，即可抵達門前町的鄉公所。鄉公所後方可看見夏越川流過。爺爺似乎打算帶著小結他們穿過鄉公所旁邊，去到橫跨夏越川的橋樑處。如果越過那座橋，就會看到一大片寬廣的田地，而那片田地的另一端，有一條可通往紅葉橋車站的國道。

現在才晚上八點鐘，商店街的店家都已拉上鐵門，爺爺開著車穿過商店街後，在鄉公所的停車場停下車子。一走出車外，隨即傳來人們的談話聲。

「你看！在那邊！」「那邊也亮亮的！」人們說著這類的話語。

看來除了小結他們之外，其他人也爲了欣賞螢火蟲，接二連三地來到夏越川。

「看來似乎看得到螢火蟲。」

聽到爺爺對著奶奶這麼說，小結和小匠就快沉不住氣。

「我先去看喔！」

說罷，小匠立刻跑出去。小結見狀，忍不住不認輸地飛奔出去。

「要在橋那邊等爺爺奶奶喔！」

小結和小匠一邊聽著奶奶的叮嚀聲從身後傳來，一邊朝向停車場建築物的後方跑去。

「我找到螢火蟲了！」

搶先小結一步跑在前頭的小匠大聲喊道。

「我也找到了啊！」

小結在鄉公所的建築物後方的花草叢中，看見小小光芒點點亮起。小小光芒無聲無息地一下子亮起，一下子消失，宛如在黑暗之中做著呼吸。

穿過建築物後，眼前就是一座橋梁，有好幾道人影站在橋上。人們在橋上探出身子看向河川，你一句我一句地搶著說話。

「在那邊！」

「啊……這邊也有！」

「好多螢火蟲飛出來喔！」

「好美喔……」

小結抱著「這次絕不會輸給小匠」的心情，往橋上跑去。

「啊！姊姊！妳太賊了！」

小結追過小匠，搶先一步抵達橋上。小結摸著扶手探出頭，望向黑漆漆的河面後，發出「哇！」的一聲歡呼聲。

「天啊！」

小匠從小結背後探出身子後，也驚訝得倒抽一口氣。

數不盡的無數光點靜靜地浮在無限延伸開來的黑暗中，一閃一閃地發出光芒。那畫面簡直就像從夜空剪下銀河，再讓銀河浮在黑暗中。宛如一顆顆微小星辰的光點，各自在黑暗中飛來飛去、來回穿梭，或是整體聚集成一顆大光點在河川上緩緩移動，有時在這處圓圓鼓起，有時如流水般流向那處。每當有一、兩隻螢火蟲沒能跟上群體而飛到橋上時，前來欣賞美景的人們就會一齊遞出扇子。這時一旦有螢火蟲輕輕停在扇子的前端，人們就會開心歡呼。

「喲！數量挺多的嘛！」

爺爺的聲音從背後傳來。爺爺和奶奶也來到橋上，站在小結的身後眺望螢火蟲飛舞穿梭。

「不過，以前的數量更多！」

奶奶說道。

「奶奶小時候都會帶竹掃把來，然後用掃把抓螢火蟲呢！只要拿掃把朝向成群的螢火蟲一揮，掃把前端就會沾上一大堆螢火蟲，然後我們會把螢火蟲帶回家，放生在院子裡。」

「真的啊——」小結和小匠異口同聲地說道。這時，一陣吵鬧聲從橋下的河邊傳上來。可能是當地的小學生吧，橋下出現五、六個孩子嘻嘻哈哈地順著河畔，往上游的方向跑去。當中幾個孩子拿著手電筒，手電筒的燈光搖來晃去地從小結他們腳邊的橋下穿過。小結不經意地低頭看向那群孩子時，有那麼短短一瞬間，搖來晃去的燈光照出跑在最前頭的孩子身影。看見那身影後，小結驚訝得倒抽一口氣。最前頭的孩子戴著面具……狐狸的面具！

就是那個小男孩！

小結在心中吶喊。就是那個今天和奶奶在「轉角食堂」喝冰咖啡時，站在馬路對面盯著他們看的小男孩！

「等一下！」

「別跑！」

孩子們紛紛開口大聲喊叫，看樣子似乎正追著最前頭的面具男孩跑。一群孩子會不會跟小匠一樣是念三年級？還是四年級？總之，看起來年紀比小結小的一群孩子就快追上面具男孩。小結注視著一群孩子消失在前方的河川轉彎處後，不由自主地朝向可以走下河畔的階梯跑出去。

「爺爺、奶奶，我下去看一下！」

「我也要去！」

小匠立刻追上來。

「不要太靠近水邊喔！」

奶奶的聲音傳來。

「小心不要掉進河裡啊！走路要看路，下面很暗的！」

爺爺也放大嗓門喊道。

「我會小心的！」

小結放大嗓門應道，跟著走下水泥階梯。小匠緊跟在旁邊，小結詢問小匠說：

「你有沒有看到剛剛那個男生？」

「咦？什麼男生？」

一片黑暗中，小匠瞥了小結一眼問道。走下階梯後，小結一邊順著河畔往上游的方向跑去，一邊向小匠做說明：

「你沒看到那個被大家追著跑的男生嗎？那男生不是戴著面具嗎？狐狸的面具。」

「咦？面具？太暗了，我沒有看清楚耶……」

「那個男生今天在『轉角食堂』的馬路對面往我們這邊看。我猜他是在看我們。」

小結這麼告訴小匠後，繼續說：

「他有可能是狐狸……」

「啊？狐狸？妳是說狐狸變成人類的模樣，再戴上狐狸面具？」

黑漆漆的河畔充斥著潮濕土壤、草以及水的氣味。小結一邊跑步，一邊豎起順風耳，尋覓剛才穿過此處的那群孩子的氣息。

孩子們的氣味傳來。一人、二人、三人、四人、五人……孩子們的氣味中夾雜著零食、罐頭飲料……還有冰棒的氣味。小結猜想一群孩子應該是自備了零食來欣賞螢火蟲。還有一人……還有一股果然不是人類的氣味。

「是狐狸的氣味沒錯……」

小結點點頭嘀咕道，並順著河川轉彎處在河邊轉向。

那群孩子出現在眼前。面具男孩終究被追上來的孩子們逮個正著，而且被團團包圍。

「你爲什麼要戴面具？」

「又不是參加祭典，太奇怪了吧？」

「拿掉面具啊！」

「你念什麼小學？」

「你幾年級？」

圍在四周的其中一個孩子忽然伸出手，試圖取下面具。在那一刻，戴著面具的男孩用身體撞開伸出手的孩子。

「啊！」

被撞開的孩子頓時失去平衡，沒能站穩腳步地單腳踩進河裡。

「媽呀！你有病啊！」

被撞開的孩子從河裡拔出溼答答的鞋子，大吵大鬧起來。

「我的鞋子整個溼掉了！你是怎樣？你當自己是什麼人，竟敢反抗高年級生？」

「小鬼！還不快道歉！」

「快拿掉面具道歉！」

「讓我們看你的臉啊！」

其他孩子也吵吵鬧鬧起來。小結感覺得到大家直到剛才還一半抱著好玩的心態，但此刻漸漸轉爲憤怒而氣氛緊繃。

「不要這樣！」

小結按捺不住地朝向圍住狐狸面具男孩的一群孩子走近。一群男生一齊轉頭看向小結。

「欸！不可以欺負小小孩吧？夠了吧？」

「我們又沒有欺負他！」

鞋子溼答答的男生反駁小結說

道。

「我們只是因為這小子一直在看我們，所以問他有什麼事而已。誰知道問了之後，他就開始逃跑，所以我們才會追他。對不對？」

聽到同伴尋求同意的話語後，四周的男生也點頭說：「對啊！對啊！」

「話說回來，妳不覺得這小子很可疑嗎？都這麼晚了，還戴著狐狸面具。」

另一個男生這麼說之後，其他人再次附和說：「對啊！對啊！」

「快拿掉面具啊！」

聽到這句話後，一群男生同時做出反應。

「快拿掉面具！」

「讓我們看你的臉！」

「別鬧了，快讓我們看你的臉！」

「直接拿掉他的面具好了！」

面對一群氣勢洶洶的男生，小結不禁感到畏縮。

「不要這樣！那麼多人這樣對待一個小小孩，他太可憐了……」

儘管小結這麼說，一群男生還是怒氣難消。

「這小子都不會回答耶！」

「他還壓著面具！」

「看來是不打算讓我們看到他的臉。」

「太跩了吧！」

「跩什麼跩！」

「直接拿掉他的面具吧！」

「啊——」小匠大叫一聲。

所有人的目光頓時集中到小匠身上。小結也回頭看向站在稍遠處的弟弟。

「老師來了！」

小匠站在河川轉彎處，注視著小結他們一路跑來的方向。

「老師！有人在吵架！他們在這邊！」

一群男生之間瀰漫起躁動的氣氛。小匠繼續大喊：

「老師！在這邊！」

小匠大喊後，朝向轉彎處的另一端揮手。

「老師你快來！這邊有人在吵架！」

鞋子溼答答的男生終於忍不住開口說：

「我們走吧！不要管這個無聊的小鬼了！」

「怪咖一個！」

「別理他了！」

「白癡才戴面具！」

一群男生朝向狐狸面具男孩撂下勉強擠出的狠話後，一窩蜂地往上游的方向走去。最後，一群男生從前方的另一條階梯爬上馬路，消失了蹤影。

黑漆漆的河畔上只剩下小結、小匠以及狐狸面具男孩。

潺潺流水聲傳來。小結清楚嗅到土壤、草和水的氣味之中夾雜著狐狸的氣味。

小匠慢慢走近小結後，小結開口詢問：

「老師在哪裡？」

「怎麼可能有老師啊。」

小匠若無其事地答道。

「再說，我根本也不認得門前町的小學老師。不過，妳不覺得我剛剛根本是神救援嗎？」

小結露出受不了的表情看了看滿臉得意的弟弟，再確認過沒有任何人前來後，重新面向狐狸面具男孩。

「欸……你是狐狸吧？」

聽到小結這麼說，狐狸面具男孩嚇一跳地聳起肩膀。男孩抬高戴著面具的臉仰望小結。

小匠從旁插嘴詢問：

「你爲什麼要戴狐狸面具？難得已經變成人類的模樣，又戴上狐狸面具，這樣肯定會讓人覺得可疑啊。」

狐狸面具男孩感到傷腦筋的模樣看了看小結，再看了看小匠。

沒多久，男孩從面具背後小小聲地說：

「你們也是狐狸嗎？你們是來參加繼名祭典的嗎？」

小結和小匠互看一眼。小結心想：「又是繼名祭典。難道牠也是爲了祭典才來到門前町？」然而，小結和小匠根本不知道繼名祭典是什麼祭典。

「我們……其實不是狐狸，只是……」

小結直盯著狐狸面具男孩看，並動腦思考該如何說明。男孩果然是狐狸，而且能變身成年幼小孩的模樣，他會不會是一隻變身能力超強的老手狐狸？小結的媽媽有個變身達人妹妹名叫小季，照小季的說法，必須具備相當高超的技巧，才能變身成比小結年幼的幼童模樣。所以，狐狸面具男孩能夠變身成幼童，代表他是資深的老手狐狸。

小匠又問了一次同樣的問題：

「欸，你爲什麼要戴狐狸面具？」

男孩一副遲疑的模樣把雙手舉高到面具的位置又放下來，跟著再次舉高雙手扶住面具。

「……因爲……」

說著，男孩拿下面具。

河堤上方的馬路有一盞路燈，一絲絲的燈光滲入黑漆漆的河畔。在那微弱的光線中，面具底下的臉浮現出來，那一刻，小結和小匠硬是吞下尖叫聲，全身僵住不動。

一張沒有眼睛、鼻子和嘴巴的空白臉孔，仰望著小結和小匠兩個人。

6 鷹丸與雉丸

「雉丸！」

流水潺潺的河川對岸傳來呼喚的聲音。一道黑影輕快地飛過水流，站到小結幾人的面前。

「鷹丸哥哥！」

取下面具的無臉男孩一副開心的模樣大聲喊道。就在這時，一片黑暗中，無臉男孩變了臉孔。原本如水煮蛋的表面般光滑的白臉底下，浮出一張狐狸的臉孔，身體也漸漸變得像狐狸。小結仔細一看，

發現T恤長出毛來……不對，應該是說身體長出毛來，但留有T恤的條紋……總而言之，剛才還站在小結面前的無臉男孩已經消失不見，取而代之地，出現一個外表像是把狐狸和人類混在一起的奇特傢伙。奇特傢伙以後腳站在岸邊的泥地上，四處張望。

小結發現自己也認得被稱呼為鷹丸哥哥的男生。

上次走小巷子抄近路時擦身而過的那個男生！

穿著條紋T恤的男生身上，也確實散發出狐狸的氣味。

鷹丸瞪著雉丸，以尖銳的聲音說：

「我不是跟你說過，不要去人類的地方嗎？你明明還沒有辦法完全變身，就又學我……你根本還不會變身成人類的男孩模樣，不是嗎？」

「我會變身！」

雉丸這麼反駁後，嘟嘟囔囔地補上一句：

「……只是還沒有辦法好好變出臉來而已……」

「不只有臉而已。」

鷹丸皺起眉頭，毫不客氣地盯著雉丸那難以形容的奇特模樣看。

「你這樣還好意思說自己有辦法變身？你現在這樣子根本就像妖怪。快打起勁，不要鬆懈下來！」

聽到鷹丸這段話，雖然只有短暫片刻，但雉丸的模樣起了變化。宛如模糊的影像逐漸聚焦般，雉丸的身影輪廓分明地變身成人類小孩的模樣，但很快就又崩垮，變回人類和狐狸混在一起的模樣。

「你看吧……」

鷹丸發出帶有譴責意味的目光瞪著雉丸。

「失敗了吧？你根本沒有辦法一直變身，不是嗎？明明變不出臉來，還戴面具想要打混過去，這種做法根本行不通。竟然自己一個人大剌剌地跑去人類住的地方，你到底想怎樣？」

「……人家……」

變身失敗的雉丸用泫然欲泣的聲音這麼說後，低下頭陷入沉默。

小結看了看低頭不語的雉丸，再看了看瞪著雉丸的鷹丸後，戰戰兢兢地開口說：

「……呃……意思是說……你們兩個人……呃……你們兩隻都是狐狸，對不對？」

「這還用說嗎？」

鷹丸露出不悅的眼神瞥了小結一眼後，憤怒地說道。

「現在還問這個是怎樣？你們自己明明也是狐狸。」

「……」

小結不知道該怎麼回答才好，與小匠互看一眼。剛才看到雉丸的無臉模樣時，小匠嚇得立刻躲到小結的背後，但隨著逐漸掌握狀況，便一點一點地往前移動，現在甚至大膽地站到超前小結半步的位置。

小匠斬釘截鐵地說：

「我們不是狐狸。我們是人類和狐狸的混血兒。」

「咦？」

鷹丸瞪大眼睛看著小結和小匠。

「什麼？」

雉丸大大吃了一驚，完全現出狐狸的真實模樣。

「喂！雉丸，你的尾巴跑出來了！」

鷹丸出聲叮嚀，但根本傳不進雉丸的耳裡，雉丸的注意力完全放在觀察小結和小匠上面。

「好酷喔！混血兒耶！我從來沒看過混血兒……」
「雉丸，尾巴快收起來！」
鷹丸脾氣暴躁地吆喝道。
「居然在人類面前露出尾巴，你不覺得丟臉嗎？」
「他們又不是人類。鷹丸哥哥，你不是也聽到了嗎？他們說是混血兒。」
恢復狐狸模樣後，雉丸忍不住也放棄用後腳站立，換成四肢踩地的姿勢。雉丸在一片黑暗中眼睛發亮地朝向小結兩人頂出鼻尖，嗅啊嗅的聞著氣味。
「好酷喔！好酷喔！真是太酷了！」
雉丸興奮得不得了，小匠顯得有些得意地對著雉丸說：
「還好啦，也不是多不起的事。」
看見得意忘形的弟弟，小結嘆口氣暗自叨念：「什麼叫不是多不起的事？」

鷹丸也發出嘆息聲。看來鷹丸似乎已經死了心，懶得要求雉丸收起尾巴。鷹丸再次盯著小結兩人看，並開口詢問：

「既然是混血兒，表示你們爸爸或媽媽有一方是狐狸，對吧？」

小結點點頭回答：

「沒錯，我們的媽媽是狐狸。」

這回換成鷹丸點點頭說：

「嗯，所以你們不是靠變身才長得像人類囉。因爲媽媽那一方是狐狸，所以你們本來就長成人類的模樣啊……難怪我會覺得你們怎麼變身變得那麼好。」

小結莫名地感到害臊，不由得從鷹丸身上別開視線，然後急忙發問說：

「……我問你，今天在門前町的小巷子裡遇到時，你是不是說了我們是『客人』？那時候你說：『原來你們也是客人啊。』那句話是什麼意思？」

「咦？」

鷹丸顯得有些吃驚地看著小結。

「不是嗎？你們不是被邀請來的嗎？我還以爲你們是被邀請參加繼名祭典，才會來到花倉山。」

「繼名祭典是什麼祭典？慶祝山姥姥生小孩的祭典？」

小匠從旁插嘴問道。他想必是想起奶奶今天說過的話。

「才不是呢！」

狐狸模樣的雉丸搶先回答，而且一副驕傲的模樣。

「繼名祭典是『傳承名字』的祭典。花倉山的主人要把名字傳承給繼承人。繼名祭典就是爲了公開這件事的祭典。」

鷹丸站在雉丸旁邊插嘴說：

「從上次朔月（新月）的那天晚上，花倉山即將舉辦繼名祭典的通知就已經傳開來，很多傢伙聽到通知後，現在都陸陸續續聚集到花倉山來。因爲這樣，我才以爲你們肯定也是受邀來參加祭典的客人。」

小結搖搖頭說：

「不是喔。我們只是因爲放暑假，所以來門前町的爺爺奶奶家玩。不過……我們在要來門前町的路上，遇到一些奇怪的事……我們本來應該要搭電車在紅葉橋下車，但後來坐過頭就匆匆忙忙下了電車，結果到了一個叫荒神口的陌生車站。我們在那裡搭了前往『繼名祭典』的公車，一路坐到椿木神社後面。可是，爺爺說根本沒有叫荒神口的車站……而且，公車上的乘客一下子出現，一下子消失……」

「是喔……」

鷹丸歪著頭，一副陷入沉思的模樣。

「這也太奇怪了……照理說，荒神口是專門爲了迎接受邀參加祭典的客人入山，才會開啓的特別入口。如果你們真的不是受邀參加祭典的客人，怎麼能去到荒神口？難道是混在其他客人當中，一起被帶到了荒神口……」

小匠打斷小結與鷹丸的對話說：

「那些坐在公車上的乘客是什麼人？他們怎麼會一下子出現，一下子又消失？」

鷹丸聳起肩膀說：

「我哪知道。我剛剛不是說過了嗎？很多傢伙會聚集前來參加祭典。像是到處各地的土地神和精靈，當然也會有動物、昆蟲、小鳥之類的……大家只要聽到通知，就會跑來。」

「土地神和精靈？」

小匠吃驚地嘀咕後，與小結互看一眼。這回換成小結發問說：

「你說的通知是怎麼發出去的？是寫信還是寄E-mail？」

「這還用說嗎？當然是山裡的傳信者去通知的。」

雉丸搶先回答，而且又是一副驕傲的模樣。

「山裡的傳信者？」

小結反問後，雉丸得意地皺了皺鼻尖回答：

「沒錯，舉辦祭典時，都是由山裡的傳信者負責通知。」

就在一旁的鷹丸做了補充說明：

「有很多傳信者，像青蛙、蟬還是螢火蟲都是。山主人會命令這些傳信者告訴大家祭典的時間和內容。所以這附近一帶的青蛙們從上次的朔月晚上，就開始唱著只有在舉辦祭典的夏天，才會唱的特別祭典歌曲。蟬群也會發出鳴叫聲通知即將舉辦繼名祭典。螢火蟲們也是，牠們會利用光的訊號，告訴大家舉辦日期就在下次的滿月之夜。你們知道嗎？下一次的滿月是在立秋前，也就是這個夏天的最後一次

滿月。聽到這附近的青蛙在唱歌後，隔壁城鎮的青蛙也會跟著唱一樣的歌，聽到花倉山的蟬群鳴叫聲後，另一頭的山林裡的蟬群，還有更後面的森林裡的蟬群也會一群接一群地傳達山主人的通知……然後呢，接到通知的傢伙們就會接二連三地趕在這個夏天的最後一次滿月之夜之前，聚集到花倉山來。」

小結詢問鷹丸說：

「下一次的滿月是什麼時候？」

「四天後的晚上。」

「只要接到通知，不管什麼人都

可以參加祭典嗎？」

「嗯，對啊。」

鷹丸點點頭答道。

「接到山主人的通知，就等於已經受邀參加祭典。祭典通知可不是什麼人都收得到的。有些傢伙即使聽到青蛙唱的祭典歌曲，也察覺不出那是祭典歌曲。不過，我們可是確實聽到了。我們聽到青蛙們興奮地在唱『花倉山即將舉辦繼名祭典。祭典就在下一次的滿月之夜。』因爲這樣，我們才會來到花倉山。」

「是喔……」

小結感到佩服地點點頭。眼前的河川上方出現一、兩隻螢火蟲，螢火蟲發出微弱的光芒朝向轉彎處前方的橋樑方向飛去。

對了，奶奶好像有提到她的爸爸迷路闖入岩根山祭典的那一年，也出現很多螢火蟲……

那時的螢火蟲們想必一閃一閃地發出光的訊號，在一片黑暗中傳遞山主人的通知。

「欸，我們也可以參加祭典嗎？」

小匠突然厚臉皮地提出要求。

「我們現在也聽到繼名祭典的通知了，不是嗎？既然聽到通知，就表示去參加也沒問題吧？」

「小匠，你在胡說些什麼？」

小結急忙這麼說。這時，鷹丸再次開口說：

「舉辦祭典的那天晚上，會有一個被稱呼爲『守門人』的人在會場入口處監視，一定要先通過守門人的檢查，才能參加祭典。所以呢，我是可以帶你們過去，但我可不確定你們能不能通過守門人的檢查喔。」

「姊姊，我們去看看嘛！就拜託牠們帶我們去嘛！」

小匠催促著小結答應，小結感到難以置信地說：

「你忘記奶奶怎麼說了嗎？小利男被守門人要求出示牌子，但根本拿不出牌子，最後被趕了回去。我們跟小利男一樣也沒有什麼牌子，不是嗎？」

「有什麼關係！就算被趕回去也無所謂啊！人家想看看山裡的祭典長怎樣，哪怕看一下也好。」

「我也沒有牌子。」

雉丸說道。

「咦？」

小結和小匠低頭俯視在腳邊仰望兩人的雉丸。雉丸緩緩搖擺粗大的尾巴，繼續說：

「只有在祭典那天晚上站在守門人的面前時，牌子才會出現。現在不管是我，還是鷹丸哥哥，手上都沒有牌子。」

「什麼意思？」

小結向鷹丸尋求說明。鷹丸做起說明：

「誰也不知道這次繼名祭典的牌子長什麼樣。畢竟每座山各自舉辦的祭典不同，牌子也會不一樣。不過，大家都說只要是受邀參加的客人，就不會有問題。大家說如果真是被山主人邀請來的客人，就不用擔心沒有牌子。聽說只要站在守門人的面前，到時牌子就會自動出現在客人的手上。我聽大家都是這麼說的。」

「妳看吧！」

不知爲何，小匠一副贏得勝利的得意模樣說道。

「還是有機會的！搞不好我們也能順利通過檢查！姊姊，我們去看看嘛！」

「可是……」

如果聽到小結兩人要去參加山主人的祭典，不知道爺爺和奶奶會怎麼說？爺爺和奶奶會答應嗎？

小結感到困惑而沉默不語時，雉丸從底下仰望著小結，像在鼓吹似地擺動尾巴說：

「山裡的祭典真的很好玩喔！還可以吃到很多好吃的東西！而且，就只有那天晚上，山裡到處充滿魔法的力量。如果去到那裡，可以看到很多很多不可思議的事物。」

「我們去看看嘛！去嘛！姊姊！就拜託牠們帶我們去嘛！畢竟這也算是一種緣份啊！」

小匠這小子真是令人頭痛，竟然被這麼小一隻小蘿蔔頭狐狸給慫恿！小結不禁爲自己的弟弟感到沒出息。小結偷偷瞪了腳邊的雉丸一眼，沒想到這隻小蘿蔔頭狐狸大大搖擺一次尾巴說：

「要帶你們去是沒問題啦。不過，有一個條件。」

「條件？」

這麼反問的不是小結，也不是小匠，而是鷹丸。雉丸連看鷹丸一眼也沒有，而是交替凝視小結和小匠，在一片黑暗中簡短說一句：

「冰。」

「咦？」

小結反問後，不由得彎起身子湊近小狐狸。

「什麼？你剛剛說什麼？」

雉丸聽了後，這回對著小結明確提出條件：

「請我吃冰。」

「喂！雉丸！你在胡說些什麼！」

鷹丸急忙譴責弟弟說道。

「竟然跟人類討東西吃，太沒出息了！」

「他們是混血兒，又不是人類！他們有一半的狐狸血統，就算是我們的同伴，不是嗎？既然是同伴，我就帶你們去繼名祭典吧！不過，要請我吃冰。我要吃最大根的冰！」

「姊姊，可以吧？不過是請吃冰淇淋而已，小事一樁啊！今天媽媽也給了我們零用錢。」

小匠卯足勁地全面支持雉丸。

……原來是這麼回事啊……

小結沒多理會小匠的話語，低頭俯視眼前的年幼狐狸思考起來。

原來這隻小狐狸是想吃冰，今天才會在「轉角食堂」那條路上一直往我們這邊看。小狐狸剛剛之所以會看那群男小學生，也是因為那群男生當中不知道哪個人在吃冰。對啊，剛剛在那群男生跑過的路上，也聞到了冰的味道。原來小狐狸一直很想吃冰，才會即使還沒有辦法好好變身，仍然跑到人類居住的地方來。

這麼一想後，小結忽然有些同情起年幼的小狐狸。

小結凝視一直抬頭仰望著她的小狐狸，最後終於點點頭說：

「好吧，沒問題，我請你吃冰。」

「耶！」

小匠和雉丸同時大聲歡呼，兩人的心此刻已緊緊相連。

真是令人頭痛的弟弟們……

小結這麼心想而嘆口氣時，與同樣也發出嘆息聲的鷹丸四眼相交，差點忍不住笑出來。小結發現鷹丸也微微揚起嘴角。

看來當哥哥的也不輕鬆。

原來不論是狐狸或人類都一樣。

不過，嚴格來說，小結他們是狐狸和

人類所生的混血兒就是了。不管怎樣，想到不只有自己一人辛苦，小結的心情頓時振奮起來。

這時，上方的街道傳來聲音：

「到底跑哪兒去了？」

「小結！小匠！」

原是爺爺和奶奶的聲音。爺爺和奶奶遲遲等不到小結和小匠回來，正在尋找兩人。

小結急忙對著鷹丸迅速說：

「那我們明天約在『轉角食堂』前面碰面好了。呃……下午兩點。我們吃完午餐後再過去，應該差不多會是那時間。到時候再一起吃冰吧！我請客。OK？」

「OK！」

鷹丸點點頭答道。

「OK-!」

雉丸搖擺尾巴答道。

「走囉，雉丸！快跟上來！」

說罷，鷹丸順著河畔往河川上游的方向走出去。雉丸蹦蹦跳跳地跟在後頭離去。

「小結！小匠！」

爺爺的聲音再次傳來，河堤上方的馬路上出現爺爺奶奶的身影。

「爺爺！奶奶！我們在這邊！」

小結揮揮手應道。

「你們跑到那裡做什麼？這一帶根本看不到螢火蟲啊。」

爺爺感到納悶地問道。

「呃……」

小結苦於回答時，一旁的小匠滔滔不絕地敷衍說：

「我們看到一個小孩帶小狗在散步，所以跑去跟小狗玩。那隻小狗超可愛的，對不對？姊姊。」

「啊？對、對啊。」

小結含糊地點點頭。

「哪裡有小孩帶小狗在散步……喔——那邊那個小孩啊？」

奶奶似乎發現順著河畔朝向上游走遠的鷹丸和雉丸背影。

「好了，我們回家吧！你們兩個都快上來吧！」

爺爺站在河堤上說道。

小結和小匠站在河畔上，從這裡已經看不到鷹丸他們的身影。遠方的黑暗處傳來青蛙們的歌聲。那些青蛙此刻肯定也唱著只在夏天才會唱的特別祭典歌曲。

小結這麼心想時，又看見一隻螢火蟲往橋梁的方向飛去。

蘇打汽水冰棒

這天晚上，小結和小匠洗完澡後，在和室鋪上三張床墊與奶奶三人排排入睡。即使已經拉上擋雨板，也關上門，屋內還是十分涼快。就算沒有開冷氣，也不怕悶熱。

和室角落放了一只小豬造型的陶器，小豬陶器裡點著蚊香，白煙勾勒出線條從小豬鼻孔裊裊升起。籠罩在黑暗中的房間裡，帶著濕氣、香味有些過重的蚊香氣味與空氣融爲一體。

這天晚上，奶奶分享了以前有隻狸貓變身成親戚中的一個大姊

姊，來到奶奶家玩的故事。聽說那時奶奶還是個五歲小孩，想也沒想過大姊姊是一隻變身的狸貓，還大方地讓對方摟抱。不過，奶奶的爺爺一下子就識破狸貓的真實身分。

「我想起來了……」奶奶躺在中間的床鋪上說道。

「那個大姊姊明明還很年輕，卻像大胃王一樣吃個不停。那時家裡的人端出甜饅頭茶點來招待，結果大姊姊輕輕鬆鬆就吃掉三顆，還多討了甜饅頭來吃。大姊姊的吃相也很差，她不是小口小口地吃饅頭，而是整顆饅頭丟進嘴裡，然後不停發出咀嚼聲吃饅頭。後來我的爺爺拿起菸斗點火，大姊姊就慌張地露出尾巴逃跑了。」

「爲什麼看到菸斗點火就逃跑了？」

小匠強忍住哈欠問道。小匠的哈欠傳染給小結，小結蓋著涼被也打了一個大哈欠。

「因爲不管是狸貓，還是狐狸，牠們都很怕香菸的煙霧。以前人們走夜路時，有時會被狸貓或狐狸騙得找不到路回家。奶奶的爺爺說過遇到這種狀況時，只要冷靜下來抽根菸就會沒事。」

奶奶緩緩描述以前的故事，聽著聽著，小結和小匠兩人的眼皮愈來愈沉重。在蚊香的氣味籠罩下，兩人沉沉睡去。

這天晚上，小結夢見那輛不可思議的公車。夢裡小結和小匠兩人坐在公車的座位上，但公車上沒有其他乘客。公車一路往前行駛，車窗外不時有陽光從樹木縫隙間流瀉進來，小結望著窗外的景色心想：**不知道公車要開到哪裡去**？這時，公車「當」的一聲猛力晃動一下，跟著四周隨之揚起一片笑聲。小結環視一圈後，發現不知不覺中公車裡已經坐滿戴著狐狸面具的乘客。那些乘客戴著面具面向小結兩人，一副覺得好笑的模樣笑個不停。乘客們的笑聲在公車裡縈繞。好吵啊！那笑聲聽起來簡直就像……沒錯，簡直就像蟬群的大合唱！

就在小結這麼心想時，忽然清醒過來。

不知何時，奶奶的床墊和棉被已經摺得整整齊齊，擋雨板也已經大大敞開。屋外傳來熱鬧的蟬鳴聲。小結這才知道原來在夢裡聽到的聲音就是蟬鳴聲。

格子拉門的縫隙間，飄來早餐的味噌湯香味。蚊香似乎已經燒盡，小豬陶器不再吐出白煙。小匠把涼被踢得遠遠的，仍睡得十分香甜。

不知道幾點了？小結挺起身子，看向放在枕邊的鬧鐘確認時間。

七時五十分——小結還想賴床一下。昨天奶奶和爺爺也說過：「明天可

以睡飽一點沒關係。」小結安靜地重新躺回被窩裡。

隔著格子拉門的客廳那一方傳來吃早餐的聲響。

壓低電視音量的新聞播報聲、爺爺翻閱早報的沙沙聲響、爺爺和奶奶的低聲交談聲、餐具碰撞聲——味噌湯的香味，還有……嗯——這是熬煮到鬆軟鼓起的豆腐餅香味。還有什麼？還有烤魚的香味。

小結的肚子咕嚕咕嚕叫起來——太香了！這樣哪還睡得著！

小結終於忍不住踢開涼被，狠狠甩開糾纏著她的淡淡睡意。

「早安。」

因爲擔心吵醒小匠，小結一邊輕聲打招呼，一邊推開格子拉門。

「喲！這麼早起床啊。早啊——」

爺爺拿著飯碗看向小結說道。奶奶也對著小結露出笑容。

「早安，小結。快去洗臉吧！奶奶煮了妳愛吃的燉豆腐餅喔！」

小結洗好臉、換上衣服，開始摺起棉被時，小匠總算也醒來。

「不會吧？才八點而已耶！姊姊，妳不睡了喔？」

「沒辦法，我肚子餓了。你可以再多睡一下沒關係。」

小結這麼說，但小匠儘管嘴裡碎碎念個不停，還是跟著起床了。

最後，小結和小匠兩人比奶奶他們晚了一點時間，一起吃早餐。

「今天要安排什麼活動啊？要不要去河邊釣魚？還是去公立游泳池？」

爺爺熱情地問道，小結和小匠立即互看一眼。小結和小匠今天不能跑太遠，畢竟他們與鷹丸兩兄弟約定好中午過後要碰面。

「爺爺……」

小結對著爺爺說道。

「其實我們昨天跟源爺爺約好今天吃完午餐後，要去『萬物雜貨店』。我們可以去嗎？」

小結對自己的扯謊行為感到不安，心臟撲通撲通地跳個不停。但是，小結根本沒有勇氣說實話。她怎麼可能告訴爺爺自己要請昨晚去看螢火蟲時才認識的男生吃冰。

「源爺爺說要教我們怎麼玩新的卡片遊戲。」

小匠替心慌不已的小結助陣說道。

「喔，你們要去源爺爺的店啊。」

爺爺點點頭，沒有起任何疑心。

「說到那家店，你們的爸爸也受到很多照顧。這樣啊，看來源爺爺還很健朗的樣子。記得也幫爺爺跟他問好一下。」

最後，小結兩人與爺爺說好改天再去釣魚以及去游泳池。這天吃完早餐後，小結和小匠決定先搞定事先從家裡寄來的暑假作業。畢竟只要寫完暑假作業，接下來就能夠安心玩耍。兩人還會在爺爺奶奶家住上好一段日子，所以要趁早解決麻煩事，才能夠玩個夠本。

奶奶爲小結和小匠搬了一張小矮桌到簷廊上，兩人面對面坐在矮桌前，把昨晚看到螢火蟲的感想寫在繪畫日記上。小結其實也想寫一寫與小匠兩人單獨旅行的感想，但這麼一來，就會不知道該如何解釋那輛不可思議的公車，最後只好打消念頭。

雖然庭院不時吹來舒服的風，但隨著太陽漸漸高升，氣溫還是開始往上爬。

完成繪畫日記後，小結寫起計算練習題。這時，奶奶端來兩人份的冰涼梅子汁。奶奶一副感到佩服的模樣望著小結和小匠畫在繪畫日記上的欣賞螢火蟲圖畫，頻頻誇獎兩人畫得很好。

把帶來的暑假作業完成超過一半以上的份量後，小結和小匠終究感到厭煩起來。隨著正午時間逼近，空氣也漸漸悶熱起來，即使靜靜坐在矮桌前面，也會冒出汗來。蟬群唧唧叫地持續大聲傳達著山主人的通知，風也停了下來。

「我不想寫功課了！」

小匠率先丟下鉛筆說道。

「我也不寫了。」

小結也「啪」的一聲闔上漢字練習本，並擦拭額頭上的汗珠。

雖然寫了很多功課，但拜早起所賜，現在距離正午還有好一段時間。

「小結、小匠，你們這麼認真寫功課，奶奶給你們一些獎勵。」說著，奶奶遞給小結兩人百色色紙。如其名，百色色紙就是一疊共有一百種顏色的色紙。

「哇——好酷喔！有這麼多種顏色……」

小結和小匠感到訝異不已。這時，奶奶做出令人意外的提議：

「你們去水井旁邊看看。奶奶在那邊放了很多空玻璃瓶，可以玩色水遊戲喔！」

「咦？色水遊戲？」

小結反問後，與小匠互看一眼。如果是小萌，或許還有可能玩色水遊戲，但小結和小匠最近根本不會玩這種遊戲。不過，一百種顏色的色紙倒是相當吸引人。用這麼多種顏色的色紙來玩，不知道會變出什麼樣的色水？而且，在大熱天下取冰涼的井水來玩，肯定再舒服不過了。

「要玩一下下看看嗎？」

小結用著有些遲疑的口吻邀約後，小匠一副心不甘情不願的模樣點點頭說：

「嗯……玩一下下看看好了。」

於是，小結兩人在水井邊玩起色水遊戲。小結和小匠原本抱著心不甘情不願的心態，沒想到一下子就玩得入迷。

兩人在原本裝果醬、橘子醬、醬菜的空玻璃瓶裡倒入冰涼的井水，再各自拿喜歡的色紙泡進水裡後，色紙的顏色開始滲入井水之中，形成色彩繽紛閃耀的色水。兩人把不同色水混在一起，嘗試變出不同顏色的水，或假裝泡出來的色水是魔法藥水，一起研究如何調出更厲害的魔法藥水。

沒多久，小結和小匠把裝了調配出來的魔法藥水的玻璃瓶，一一排在水井旁邊的長椅上，開起魔法藥水店。

「歡迎來參觀！我們這裡是魔法藥水店喔！想買什麼藥水，我們都有賣喔！」

聽到小匠的叫賣聲後，爺爺配合地走過來。

閃閃發光的色水瓶排列在長椅上，爺爺有模有樣地環視所有瓶子一遍後，終於決定好要買什麼。

「呃……給我來一瓶返老還童的藥水好了……你們有賣這種藥水嗎？」

「您放心，我們當然有賣！」

小結露出親切的笑容回答後，從長椅上拿起色彩豔麗的綠寶石色色水，遞向爺爺說：

「這瓶藥水只要每天三餐飯後喝一湯匙，三天後就會年輕十歲。不過，千萬不可以喝太多，不然會變成小嬰兒喔！」

爺爺掏出真錢，付了一百日圓買下藥水。

這天，魔法藥水店的生意好得不得了。爺爺和奶奶分別當了三次客人上門光顧。

爺爺買了「返老還童藥水」、

「變聰明藥水」，以及「晚上也看得見藥水」。

奶奶買了「可以在天上飛藥水」、「唱歌變好聽藥水」，以及小匠推薦的「可以變成世界第一美女藥水」。

爺爺和奶奶每買一次藥水，都會付真錢一百日圓，所以小結和小匠的魔法藥水店居然賺到六百日圓。

因爲玩魔法藥水店的扮家家酒遊戲實在玩得太開心，直到奶奶喊吃飯前，小結和小匠壓根兒都沒注意到已經到了正午時刻。

收拾好水井邊的東西，洗好手走進客廳時，兩人才發現時鐘已經來到超過十二點半的位置。

爲什麼寫作業時的兩小時那麼漫長，玩耍時的兩小時卻過得這麼快呢？小結感到不可思議，覺得像被施了魔法一般。

吃完奶奶烹煮的中華涼麵後，小結和小匠平分賺來的六百日圓。

小結把裝著零用錢的錢包放進斜背包後，與小匠兩人頂著大太陽出發前往街上。

「記得要在五點以前回來喔！」

奶奶這麼說，並且特地走到玄關目送兩人。「好——」小結揮揮手回應奶奶時，不禁感到胸口又刺痛一下。

「我們先繞去『萬物雜貨店』一下，再去赴約。」

朝向與鷹丸兩兄弟約定好的「轉角食堂」前進時，小結說道。小結心想只要這麼做，可以讓事實比較接近當初讓對爺爺奶奶說的「我們要去『萬物雜貨店』」。

小匠絲毫沒有感受到小結的這般內心糾結，輕快地在路邊水溝的兩側跳來跳去地往前進，口袋裡與小結平分得到的三百日圓硬幣不時發出鏗鏘聲響。

「收到——去一下也好，我還要玩扭蛋。」

「拜託你一下好不好？」

小結瞪著跳來跳去的小匠看。

「我們等下還要吃冰耶！如果玩扭蛋，不就只剩下一百日圓？」

小匠瞬間停止跳躍，一副訝異的模樣看向小結說：

「咦？不是姊姊要請客嗎？」

「什麼？」

小結感到煩躁地反問道。

「我請客？憑什麼？憑什麼連你的冰也要我請客？昨天出發前，媽媽不是也給過你零用錢？」

「可是我又沒有帶錢包出來。」

「你、聽、好。」

小結加重說話的力道反駁道。

「既然這樣，拿你現在放在口袋裡的三百日圓買冰淇淋不就好了嗎？不要拿去玩扭蛋，拿來買冰淇淋不就得了。」

「什麼？小氣鬼！妳是姊姊耶，姊姊請弟弟吃個冰又不會怎樣。請兩支冰跟請三支沒什麼差吧？」

「差得可多了！」

小結忍不住意氣用事起來。

「你聽好啊，說起來，爲什麼我非得要請鷹丸和雉丸吃冰？你應該知道原因吧？還不是因爲你說什麼要拜託牠們帶你去山裡的祭典，才會變成這樣！我等於是爲了你才要請牠們吃冰，不是嗎？我已經犧牲這麼多，爲什麼連你的那一份也要我出錢？太奇怪吧？」

「一點也不奇怪。」

小匠不合理地說出莫名其妙的反駁話語後，又開始跳來跳去地往前進。

沒見過這麼令人生氣的弟弟！小結懊惱地想早知道就不該把魔法藥水店賺到的錢平分給小匠。萬一小匠埋怨，大可對他說：「不要囉唻，我是姊姊，你乖乖聽我的話就好。不過，我可以請你吃冰。」

小結心情煩躁地思考這些事情，一路走到商店街。

昨天傍晚跟著奶奶來購物時，商店街上的人潮不算少，但夏天裡的正中午街道顯得冷清，行人寥寥無幾。太陽灑下的炙熱光芒把四周照得一片泛白發光，柏油路面的空氣隨著熱氣在波動。

小結和小匠中途在「萬物雜貨店」稍作停留時，小匠還是玩了一次扭蛋。「你好！」雜貨店內吹著涼快的冷氣，小結打聲招呼後，走到最裡面一看，發現有兩、三個當地的小孩站著在看漫畫。源爺爺從幾個小孩的後方抬起頭回應一聲：「喲！」

「爺爺叫我跟你問聲好。」

小結決定還是聽話地替爺爺傳言，容易流汗的源爺爺拿起掛在脖子上的毛巾擦了擦汗水後，點點頭說：「嗯、嗯。」

「是喔，小一的爸爸身體還不錯吧？我才應該跟他問聲好，記得幫我跟他說一下啊！」

小結心想算是完成了一項任務。等待小匠把玩扭蛋得到的奇異鳥模型放進口袋裡後，兩人踏出步伐往「轉角食堂」走去。

「啊！牠們在那裡！」

小匠率先發現鷹丸兩兄弟的身影，大聲喊道。

鷹丸兩兄弟出現在「轉角食堂」隔著馬路的對面電線桿底下。雉丸昨天也是站在相同位置，還有今天也一樣戴著狐狸面具。

小結揮揮手後，戴著狐狸面具的雉丸整個人跳起來也揮手回應。看得出來雉丸滿心期待著要吃冰。

小結和小匠越過馬路，與興奮不已的雉丸和心神不寧的鷹丸會合。

「所以呢？你想吃什麼冰？」

小結省去打招呼，直接詢問雉丸。

「你想吃一圈一圈捲起來的霜淇淋？還是插一支棒子的冰棒？有特別想吃哪種冰嗎？」

「藍色的那種！」

雉丸毫不猶豫地大聲喊道。

「藍藍的，有棒子的那種！」

「啊……」

小結和小匠互看彼此點點頭。看來雉丸的目標似乎是蘇打汽水冰棒。

以小結的立場來說，這可說是值得開心的選擇。畢竟「轉角食堂」的霜淇淋一支要價兩百日圓，但如果是蘇打汽水冰棒，一支頂多只要一百日圓。不過，現在有個問題。小結不確定「轉角食堂」有沒有賣蘇打汽水冰棒。若是去到便利商店，肯定買得到蘇打汽水冰棒，但奶奶家附近根本沒有便利商店。小結心想也只能先問問看「轉角食堂」有沒有賣。

「好。總之，就是蘇打汽水冰棒囉。等一下喔，我現在去買。」

「姊姊，記得也要買我的喔！」

小匠立刻撒嬌說道。

「不用買我的……」

鷹丸輕聲嘀咕道。小結猜想鷹丸可能是看見弟弟們這麼厚臉皮，而覺得過意不去。

「沒關係啦，OK的。」

小結對著鷹丸輕輕一笑。

「如果是要買蘇打汽水冰棒，小事一樁。只要花兩支霜淇淋的錢，就買得到四支冰棒。」

「耶！不愧是我姊姊。」

小結用眼角瞪了小匠一眼後，在心中暗自嘀咕。

剛剛的三百日圓明明還剩下一百日圓，小匠這小子……

小結把三人留在馬路對面，獨自跑到「轉角食堂」旁邊的窗口。

「不好意思！」小結探出頭朝向窗內喊一聲後，每次來到食堂都會遇到的阿姨從店內露出臉來。

「來了，歡迎光臨。」

「呃……不好意思，請問你們有賣蘇打汽水冰棒嗎？」

「蘇打汽水冰棒？」

阿姨歪起頭遲疑了一下，但回頭往食堂內瞥了一眼後，點點頭說：

「喔——有喔！妳是說會有再來一支的冰棒吧？等一下喔，我去冰櫃裡拿出來。妳要幾支？一支就好嗎？」

「呃……我要四支。」

「四支是嗎？四支、四支……不知道有沒有那麼多支……」

阿姨一邊這麼嘀咕，一邊往食堂內走去。沒多久，阿姨把冰棒放進白色塑膠袋裡，帶到窗口來。

「來，四支蘇打汽水冰棒。總共四百日圓。」

小結從斜背包裡拉出錢包，然後掏出四枚一百日圓硬幣放到阿姨的手上。

小結拎著塑膠袋回到大家的身邊後，雉丸開心得跳起來。

「耶！耶！耶！藍色的冰！藍色的冰！藍色的冰！」

看見雉丸這副欣喜雀躍的模

樣，小結不禁覺得請客也值得了。

小結從袋子裡拿出蘇打汽水冰棒遞給雉丸，雉丸接過冰棒後立刻準備拆開包裝時，鷹丸出聲制止說：

「喂！直接在這裡吃不妙吧？你打算怎麼吃啊？要是有人看見你拿掉面具，你有辦法解釋嗎？」

沒錯，鷹丸說得有道理。雉丸不可能戴著面具直接吃冰棒，也不能讓人看見沒有五官的臉。

小結環視四周一遍後，發現有兩、三道人影在商店街上走動。

「我們去河畔。」

小結提議說道。小結心想只要從河濱道路往下走到河畔，就可以安心地吃冰棒，不用擔心被人看見。

就這樣，小結、小匠、鷹丸和雉丸走在泛著白光的白天道路上，朝向十字路口前方的河濱道路前進。

8 小小精靈

來到河畔的橋下位置後，不但有陰影遮擋，還有帶著濕氣的風迎面吹來。冰涼清澈的河水從腳邊緩緩流過。有別於鄉公所後方的河畔，這一帶的河岸做過護岸工程，被水泥固定住。小結幾人來到河川上方有橋梁遮擋的水泥地面後，決定坐下來吃冰棒。

雉丸粗魯地撕開冰棒的包裝，抽出冰棒後，戴著面具大大發出「呼——」的一聲感嘆聲。

「冰耶……藍色的冰耶……看起來就像天空一樣。會不會是從天

空摘下來的啊……」

雉丸把面具往額頭上一推，立刻變回狐狸臉，大口咬下冰棒。

小狐狸用門牙輕輕咬下有些融化的蘇打汽水冰棒，在嘴裡咀嚼一陣後，咕嚕一聲吞下肚。

「嗯——真好吃……有天空的味道。」

鷹丸也從包裝裡抽出冰棒吃起來。與雉丸不同，鷹丸既沒有說好吃，也沒有發表其他感想。不過，鷹丸很珍惜地一口一口細細品嘗吃進嘴裡的冰。

對住在山中的狐狸來說，天空色的蘇打汽水冰棒肯定是再美好不過的招待。說不定在這之前，這對狐狸兄弟從來就沒吃過冰淇淋。雖然從來沒吃過，但雉丸在遠處看得嚮往不已，恨不得自己也能吃上一口，所以才會明明還沒有能力完全變身，也硬要戴著面具在街道上徘徊走動。

「你怎麼會有那面具？」

小匠一邊發出清脆聲響吃著蘇打汽水冰棒，一邊詢問雉丸。

雉丸心無旁騖地吃著冰，只瞥了小匠一眼說：

「在我們家山上的神社舉辦祭典時撿到的。」

「你們家山上的神社？」

小匠再次發問。

「從這裡到很遠很遠的那邊山上。」

雉丸一副嫌麻煩的模樣，從橋下頂出鼻尖指向與花倉山相反方向的山脈。

小結心想：**原來花倉山主人的訊息傳達到那麼遠的山上去啊**。鷹丸和雉丸兩兄弟接收到花倉山主人的訊息，才會來到門前町。

「要不要去看有趣的東西？」

吃完冰棒後，鷹丸突然這麼提議說道。

「什麼有趣的東西？」

小匠立刻被勾起興趣問道，鷹丸看向花倉山說：

「你們不是問過會有什麼樣的客人來參加繼名祭典嗎？搞不好有機會偷瞄一下來參加的客人。我帶你們去看來了哪些客人。」

小結與小匠互看，猶豫著該不該去。

「姊姊，我們去看看嘛！」

小結早就料到小匠會這麼說。小結很清楚自己弟弟的壞毛病，小匠不管遇到什麼事都喜歡湊一腳。

「……可是，我們要趕在五點前回家……」

「現在才兩點半耶！」

小匠探出頭看著小結的手錶說道。

「一起去啦！一起去啦！」

不知爲何，雉丸興奮地跳來跳去。雉丸的模樣已經完全流露出狐狸的本性。

「放心，不會花太久時間。只是要去花倉山的樹林而已。」

聽了鷹丸說的話之後，小結終於下定決心。

「好吧，那就帶我們去吧！」

小結把大家的冰棒包裝紙和棒子收進拿在手上的塑膠袋後，動作俐落地塞進斜背包，打算等一會再丟到垃圾桶去。雉丸再次變身成人類的模樣，並且戴上狐狸面具。

雉丸以人類的模樣開心地跳著走路，與小匠嬉鬧玩耍。

「走吧！走吧！」

「走吧！走吧！」

雉丸和小匠像在唱歌似地同步說道。看來這兩個弟弟已經成爲志同道合的好朋友。

鷹丸盯著兩個弟弟看了一會兒，但最後什麼也沒說地往花倉山的方向走出去。小結也跟在後頭走去。小匠和雉丸在後頭嬉戲笑鬧地跟上來。

離開橋下，從河畔往上爬出馬路後，隨即看見無比蔚藍的夏空在街景上方延伸開來。眼前的這片蔚藍天空，比蘇打汽水冰棒來得更加湛藍，還可看見形狀如霜淇淋般的雲朵在上面飄動。

蟬群今天也勤快地發出鳴叫聲。牠們想必爲了時間緊逼在三天後的繼名祭典，很努力地傳遞消息到各處的山頭。

「小匠，不要踢石頭！你剛踢的石頭差點打到那邊的車子耶！」

小結叮嚀小匠說道。

「雉丸，不要太靠近住家！搞不好有養狗！」

看見雉丸走在路上不時探出頭東張西望，鷹丸叮嚀說道。

然而，誰知道弟弟二人組到底有沒有把叮嚀話語聽進耳裡，兩人打打鬧鬧地在街上前進。

汪！汪！汪！某戶人家的圍牆後方傳來狗叫聲。只有在那一刻，雉丸才慌張地迅速躲到鷹丸的背後。不過，等到通過那戶人家的門前後，雉丸又若無其事地和小匠嬉鬧起來。

「有弟弟真的讓人很頭痛喔。」

小結不由得在鷹丸耳邊低聲說道。

「他們知道事情不妙時，就會馬上來找我們求救，卻完全不聽我們說的話。」

鷹丸點點頭說：

「真的是這樣。每次不管我們要去哪裡，他們都愛當跟屁蟲，也什麼都愛學我們……像這次也是，當初其實是我聽到繼名祭典的通知。我在猜雉丸根本聽不到山上傳來的通知。明明如此，他卻一直說『我也聽到了、我也聽到了』，最後就跟著我一起來了。」

「咦？真的啊？」

小結感到有些訝異地看向鷹丸。

「這樣不就表示就算雉丸去了繼名祭典，也有可能過不了守門人那一關？明明如此，雉丸還跟來？」

「嗯。」鷹丸點頭說道。

「我也是這樣告訴雉丸，但他根本不聽。有弟弟真的很麻煩。」

「一點也沒錯。」

看見小匠和雉丸跑到前頭去，鷹丸放大嗓門說：

「喂！前面要右轉啊！右轉後碰到第三根電線桿時，就要彎進去旁邊的小巷子！」

右轉後就是可通往爺爺奶奶家後面的馬路，只要從那條路彎進捷徑的小巷子走到底，就可以穿出椿木神社旁邊。昨天小結兩人與鷹丸就是在那條小巷子擦身而過。

「你說的客人都是一些什麼樣的人？……應該說，都是一些什麼？你說過動物、昆蟲之類的也會聚集來參加祭典，對吧？」

小結一邊往小巷子的入口走去，一邊詢問鷹丸。鷹丸瞥了小結一眼。小結察覺到在明亮的陽光照耀下，鷹丸的眼睛泛著金色光芒。

鷹丸開口說：

「愈接近祭典的日子，山的力量就會愈強。」

山的力量？

小結暗自在心中反問。鷹丸繼續說：

「山的力量變強後，一些平常肉眼看不到的存在，有時會現出身影。就像沒有形狀的水可以凍結成冰一樣，山的力量可以讓無形的存在擁有形體和色彩。除此之外，還會出現其他各種現象。比方說，風中創造出歌曲、月光散發出香味、不會說話的存在突然開口說話，或是不會動的存在突然動起來……還有，我們狐狸一族的變身能力有時也會突然變強。雉丸現在之所以能夠勉強變身成人類的男孩模樣，也是多虧了山的力量。我們會用魔法來形容山的力量。山的力量在祭典當天晚上最強，所以山裡到處會充滿神奇的魔法。我猜……」

鷹丸說到一半停頓下來，並抬頭仰望在街景另一端的花倉山。

「我猜山裡現在應該差不多開始可以看到一些現象。畢竟再三天就要舉辦祭典。」

「一些現象是什麼現象？」

小結按捺不住地開口詢問鷹丸。鷹丸的金色眼睛再次瞥了小結一眼，臉上浮現有那麼一點點壞心眼的笑容。

「去了就知道可以看到什麼現象，好好期待吧！相信我，運氣好的話，一定可以看到稀奇罕見的客人身影。」

鷹丸似乎不打算透露更多。

小結幾人跟在默默持續前進的鷹丸後頭，最後終於穿過狹窄的小巷子，來到椿木神社。神社本殿後方的樹林裡，有一條可以劃開樹林通往花倉山頂端的細長山路。

綠葉青翠茂密的樹林地面就像鋪上鬆軟的地毯般，滿滿一片去年秋天的落葉和腐爛的橡實。鷹丸踩著鬆軟的地面，直直往山裡走去。

小結和小匠多次來過神社後方的樹林玩耍，但不太會更深入進到山裡。有一次，爸爸曾經試圖帶小結他們往山裡走，但最後因爲積雪而打消念頭。

小結他們家公寓的後方也有一座設有散步走道的山，雖然同樣是山，但花倉山的坡度陡峭多了。在山路走著走著，有時會遇到龐大岩石，有時會被長得茂密的山白竹擋住去路。小結幾人爬過岩石、撥開山白竹，汗流浹背地往深山裡前進。

「欸……要去到多遠啊？」

小匠氣喘吁吁地詢問走在前頭的鷹丸。鷹丸從剛才就不時在半路停下腳步，視線忙著看向兩側的樹林深處不知道在尋找什麼。小結幾人此刻所在的山路兩側，可看見一大片延伸開來的翠綠竹林。

鷹丸往右手邊的竹林探出身子，以符合狐狸的作風皺起鼻子嗅著風的氣味。

「往這邊走！」

沒多久，鷹丸開口這麼說，並偏離山路往竹林裡走去。

比起山路，竹林裡更加寸步難行。散落地面的竹葉堆積了厚厚好幾層，高度來到小結的膝蓋位置。小結必須不停撥開竹葉，才能一步接著一步掙扎前進。

8 小小精靈

鷹丸發出刷刷聲響，一派輕鬆地踩著竹葉往前走去，雉丸則是到處用力踩碎竹葉，玩得相當盡興。儘管變身成人類，鷹丸兩兄弟的身體還是比小結他們輕盈許多。

「小匠！走快點！快過來這邊！」

雉丸用著捉弄的態度在小匠四周跳來跳去，小匠一副恨得牙癢癢的模樣瞪著雉丸說：

「有困難！我又不像你動作那麼輕盈！現在這狀況不是卡在泥沼裡，簡直就是卡在落葉陷阱裡……」

「就快到了，加油！」

鷹丸回頭對著小結兩人說道。

竹林的前方出現光芒。披上淡藍色陰影的竹林另一端，似乎有一塊空地。空地上不見樹木林立，只看見耀眼的陽光灑落其上。

小結和小匠像在落葉堆裡游泳似地，慢慢往光芒的方向靠近。

竹林邊緣有一棵粗大的竹子，鷹丸躲在那棵竹子的背後，望著竹林前方的陽光灑落處。小結兩人靠近後，鷹丸回過頭發出「噓！」的一聲。雉丸早已緊貼在鷹丸身邊，直盯著陽光灑落的方向看。

「什麼東西？」

小匠一邊壓低聲音詢問，一邊走近鷹丸身旁的另一棵竹子底下。小結也盡可能不發出聲響地把落葉推到兩側，悄悄走近小匠的身後。小結扶著竹身，探出頭往陽光灑落處看去，但一開始完全看不出鷹丸兩兄弟在看什麼。

小結看見樹林裡空出一小塊約有半坪大的陽光灑落處。經過觀察後，小結猜想應該是以前有一棵大樹長在該處，後來枯死倒下。樹木的無數枝梢交纏形成一大片樹林天花板，大樹倒下的位置使得這片天花板破了一個洞，陽光穿過破洞灑落到地面上。

一棵腐朽不堪、被苔蘚覆蓋的大樹，橫躺在陽光灑落的地面上。

「什麼東西？」

小匠再次壓低聲音詢問鷹丸。小匠似乎也沒能發現鷹丸想要讓小結兩人看見的東西。

「在枯樹上面。」

鷹丸輕聲答道。小結和小匠從竹子背後讓身體更往前傾，並集中視線凝視倒在地上的枯樹。小結一邊定睛細看，一邊豎起順風耳。除了樹林的氣味之外，小結沒有感受到什麼特別的氣味。不過，有聲音傳來。

小結聽見微弱的喃喃低語聲，在持續響遍樹林每個角落的蟬群合唱聲背後，不停地悄悄響起。

「要舉辦繼名祭典了。」

「繼名……繼名祭典。」

「等滿月後，就要舉辦繼名祭典了。」

「去參加吧！」

「去參加吧！」

「走吧！走吧！」

「當然不能拒絕山主人的邀請。」

「山主人的邀請、山主人的邀請。」

「要舉辦繼名祭典了……」

怎麼回事？這是什麼聲音？

小結這麼心想而仔細一看後，發現有不明物體在朽木上行走。小小的物體在倒下的大樹上排成一長排，由右往左前進著。

螞蟻？

……不對，牠們的體積比螞蟻大，而且不是黑色。體積差不多有小指頭的指尖那麼大的圓滾滾綠色生物，排成隊伍行進著。牠們的身體被蓬鬆的綠毛裹住，身體下方長出細細長長的四隻腳。仔細一看，

牠們還有直挺的尾巴，以及從綠毛冒出來的一雙耳朵。

「……那些是什麼？」

小匠小小聲地嘀咕道，而小結也完全看不出那些是什麼生物。

那些小傢伙看起來像超迷你的綠色老鼠。當然了，小結從不曾看過這樣的生物。

在小結和小匠瞪大眼睛注視下，綠色群體從兩人的眼前通過，一邊喋喋不休地交談，一邊前進到朽木的盡頭，最後鑽進落葉底下消失不見。

「剛剛那些是什麼？」

等到那些小傢伙全都不見蹤影後，小結重新詢問鷹丸。

鷹丸聳聳肩說：

「可能是苔蘚精靈，也可能是落葉精靈吧……我猜八成就是那一類的精靈。總之，就是一些平時沒有名字，也沒有形體的傢伙，只能在這時候靠山的力量現形。因爲牠們要去參加繼名祭典。」

這回換成小匠詢問鷹丸說：

「你怎麼知道那些小傢伙在這裡？你怎麼找到的？」

鷹丸一副感到刺眼的模樣，瞥看一眼樹林上方的天空說：

「因爲大多會在山中有水源的附近一帶，或在樹林裡曬得到陽光的地方遇到那類的精靈。」

「還有其他精靈嗎？」

小匠詢問後，鷹丸點點頭說：

「有啊。不過，今天該回去了。你們不是要五點前回到家嗎？」

被鷹丸這麼一說，小結趕緊看一眼手錶。不知不覺中，已經過了三點半，來到接近四點的時刻。

「呿！好想再多看一下……」

小匠說道。雉丸也附和著說：「呿！我也是。」

「等到祭典那天晚上，還可以讓你們看個夠。」

聽到鷹丸這麼說，小匠的表情頓時明亮起來。

「你願意帶我們去？你也會帶我們去參加山裡的祭典，是嗎？」

「那當然，這是約定。」

雉丸戴著面具用力地點頭說道。

「哥哥，對不對？」

「嗯。」鷹丸點頭答道。

「就這麼說定了！雖然不知道守門人會說什麼，但總之就一起去吧！」

「耶！要去參加祭典耶！繼名祭典耶！」

看見小匠跳來跳去地把竹葉踢得胡亂飛起，雉丸也開心地跟著輕快地跳來跳去。

……可是，要怎麼跟爺爺奶奶開口？

小結看著跳來跳去的弟弟二人組思考起來。今天已經拿「去『萬物雜貨店』玩」當藉口敷衍爺爺和奶奶，現在還要爲了參加祭典扯更多謊？有可能嗎？

小結表情黯淡地回過神時，發現鷹丸的一雙金色眼珠正注視著她。面對鷹丸像在發問的目光，小結不禁有些心跳加快，急忙開口說：「……抱歉，我只是在想不知道要怎麼跟爺爺奶奶開口。就算老實說要去參加山裡的祭典，我想爺爺他們也不會懂的。」

小結這麼說的同時，暗自心想：

先不說奶奶，但爺爺絕對不會相信這類的事情。

鷹丸露出真摯的眼神直視小結說：

「只要山主人想邀請你們參加祭典，一切都會很順利的。山主人很體貼，所以不會做出讓客人傷腦筋的事。」

小結忍不住心想：**反過來說，如果山主人沒有想要邀請我們的意思，一切就不會很順利。**

再說，就算小結和小匠順利得到爺爺奶奶的許可，被允許前去參加祭典，還是有可能被守門人趕回家。甚至應該說，被趕走的機率比較高。

不管怎樣，現在想這些也沒用。也只能順其自然了。

小結不得已只好先這麼說服自己。

「好了，我們回去吧。」

說罷，鷹丸從竹林裡往山路的方向折返回去。雉丸、小結和小匠也跟在鷹丸的後頭走去。

即便已經過了四點，太陽依舊高掛天空，但黑斑蚊似乎比大家早一步嗅到黃昏的氣息，紛紛飛出來纏著趕路回家的小結他們不放。

小結他們一路不停驅趕蚊子，沿著山路往下走。他們攀越凸出地面的岩石、撥開從山路兩側伸出來的草木，擦著汗水往山下走。

途中只有那麼一次，小結他們在樹葉縫隙間流瀉下來的光芒之中，看見一隻宛如在夢境裡才可能出現的美麗蝴蝶飛過眼前。那隻大蝴蝶擁有彩虹色的翅膀，小結長這麼大從不曾看過那樣的美麗蝴蝶。美麗蝴蝶在陽光下不停拍動大大的翅膀，發出耀眼的七色光芒。

「那也是精靈的一種。」鷹丸說道。

因爲山的魔法而現形的神祕存在，從小結他們的面前緩緩飛舞而過，最後消失在花倉山之中。

下山後，小結和小匠在椿木神社的本殿後方與鷹丸兄弟告別。

「等第三次的滿月從岩根山的頂端冒出頭來時，我們會來這裡接你們。」鷹丸說道。

在那之後，或許是察覺到小結因爲不知道能不能遵守約定而陷入不安情緒，鷹丸像是要讓小結安下心似的，露出柔和的笑容補上一句：

「運氣好的話，再一起去參加祭典喔！」

這時，樹林不知何處傳來暮蟬的鳴叫聲。

9 迎接隊伍

山中祭典的前三天時間，小結和小匠的生活過得十分忙碌。

兩人去過河邊、去過游泳池、去抓過昆蟲，也幫爺爺奶奶很多忙。不僅如此，晚上時間也去觀賞過煙火，以及在附近公園放映的電影。聽說門前町這幾年來，在當地的青年工商會企劃下，每年都會舉辦懷舊的戶外放映會，並成爲夏天的熱門活動。

這是小結和小匠第一次在晚上的公園觀賞電影，而放映會當天，很多附近居民帶著一家大小前來。放映會上可看見地面立起兩根細長

*燈籠：夏、季

的棒子，兩根棒子之間直挺地撐開一大塊像床單一樣的白布，再透過投影機把電影投射在白布上。放映會不僅不收取入場費等任何費用，工商會的人員還會發給每個前來觀賞電影的小孩一瓶飲料。放映會播放了好幾場片長約三十分鐘的動畫，途中人們來來又去去，公園裡總是擠滿人潮。大人當中有些人抱著傍晚來乘涼的心態，自備啤酒前來觀賞。每當螢幕在換場時間變成一片白的時候，就會有一群小小孩特地跑到投影機前面，讓自己的人影投射在白布上，玩得不亦樂乎。

不論是去游泳池時，還是去放映會時，小結只要一看到小孩的身影，就會心想不知道鷹丸和雉丸是否也在其中，而忍不住尋找起牠們的身影。不過，從一起吃蘇打汽水冰棒那天後，鷹丸兩兄弟就不曾在小結和小匠面前出現過。

鷹丸兩兄弟會不會在深山裡等待祭典的日子到來？畢竟雉丸的變身技巧還不夠好……小結暗自這麼想過。

繼名祭典的日子終於到來，今晚就要舉辦祭典了。在被窩裡醒來的那一刻，小結心想：**今天就要舉辦祭典了**！想起與鷹丸兩兄弟的約定，小結輕輕嘆口氣，在被窩裡翻過身子。

到底要怎麼做才能去參加祭典……不對，現在就連能不能去到與鷹丸兩兄弟碰面的地點都不知道。乾脆向爺爺和奶奶坦承一切，試著拜託他們答應？可是，想也知道爺爺絕對不會相信這種事。如果說出繼名祭典和鷹丸兩兄弟的事，不知道爺爺會說什麼？

……不行，這麼做還是行不通。如果坦承一切，就表示也必須說明鷹丸兩兄弟是狐狸的事實。這麼一來，爺爺和奶奶也可能因此發現小結和小匠的祕密。門前町的爺爺奶奶並不知道小結和小匠是人類爸爸和狐狸媽媽生的混血兒。只有小結一家人知道媽媽的真實身分是一隻狐狸，不能被任何人發現這個祕密。哪怕是小結爸爸的爸爸和媽媽，也不能打破原則。

……到底該怎麼辦……

怎麼辦？怎麼辦？怎麼辦？小結不停動腦思考，卻找不到答案。果然不太可能有機會前往繼名祭典的會合地點。

小結抱著沉悶的心情爬出被窩。

沒想到這天早上吃早餐時，爺爺突然說出令人意外的話語：

「今天傍晚我突然有事要忙。」

「咦？有事要忙？」

小匠猛地從味噌湯碗上抬起頭，反應迅速地問道。

「什麼事？」

在小匠的詢問下，爺爺一副難以啓口的模樣，不停上下擺動眉毛。在那之後，爺爺總算做起說明：

「爺爺昨天晚上接到國中同學的聯絡，對方說因爲要參加親戚的結婚典禮，所以回來這邊待個兩、三天。結果國中時的好朋友們就開始號召。」

「什麼是號召？」

小匠反問後，奶奶代替爺爺開口說：

「爺爺的意思是因爲好久不見的朋友難得回來，所以今天晚上大家要聚在一起吃飯喝酒。」

「……爺爺幾點會回來？」

小結忍不住開口問道。爺爺難以掩飾地露出傷腦筋的表情，向奶奶投以求救的目光。

「爺爺說要過夜。妳還記得嗎？很久以前你們也去過的。從這兒開車過去差不多一個小時就可以抵達的藥師溫泉。爺爺要在那裡過夜，跟朋友們吃飯喝酒。你們這爺爺真是傷腦筋喔。」

小結和小匠抱著複雜的心情互看彼此。對小結兩人來說，爺爺今晚不在家算是一件幸運事。不過，即便爺爺不在家，也還有奶奶在家，所以嚴格來說，情況還是沒有改變，但小結不禁覺得事態有些朝向讓他們有機會與鷹丸兩兄弟會合的方向發展。

——只要山主人想邀請你們參加祭典，一切都會很順利的——

小結想起鷹丸說過這句話。這會是山主人的貼心設想嗎？⋯⋯可是，有什麼理由會讓山主人想招待小結和小匠參加祭典？小結他們不過是恰巧來到爸爸的故鄉玩而已啊？

這天，爺爺抱著彌補的心態陪伴小結和小匠一整天。上午時間爺爺在河川較淺的地方堆高石塊，傳授小結兩人如何設陷阱抓香魚，中午特地開車載著奶奶、小結和小匠去到國道旁邊的二十四小時營業的餐廳吃午餐。不僅如此，爺爺還陪小結和小匠玩大富翁遊戲直到傍晚出發時間的前一刻。玩大富翁時，儘管在即將到達終點時破產而變得身無分文，爺爺也沒有埋怨半句。後來，出發時間到來，爺爺一副過意不去的模樣留孫子們在家，獨自出門去參加與老朋友的聚會。

「好啦，今天晚上就只有我們三個，晚餐要怎麼解決呢？你們兩個有沒有特別想吃什麼？」

「炸豬排！」小匠精神奕奕地答道，小結看得忍不住想要搖頭嘆氣。看來小匠根本沒在擔心能不能出門與鷹丸兩兄弟會合。

「是喔，家裡剛好有昨天煮薑汁燒肉剩下的豬肉，就不用出門買東西了。我們就吃炸豬排配馬鈴薯沙拉，再煮個蘘荷味噌湯好了。」

奶奶看似開心地點點頭。

小結朝向簷廊外面望去，金光閃閃的陽光依舊灑滿整座庭院。不過，地上的樹影已漸漸拉長。傍晚的氣息靜悄悄地緩緩逼近之中，小結轉頭仰望東方的岩根山方向。從屋內看不到岩根山，必須走到家門口的馬路上才看得到。不過，小結昨天晚上已經確認過月亮在接近八點的時刻，才會從岩根山的頂端露出臉來。

大約再三小時……再三小時，就快到與鷹丸兩兄弟約好見面的時間了。

「小結，妳和小匠去幫奶奶摘蘘荷好不好？繡球花叢底下那附近應該會看到蘘荷冒出來。」

「好——」

小結套上拖鞋走出庭院後，深呼吸，試圖一吐沉悶的心情。想來想去，小結還是沒有勇氣開口拜託奶奶讓他們去參加山中祭典。小結完全無法整理思緒，她不知道該如何說明，也不知道該用什麼方法拜託奶奶。

——運氣好的話，再一起去參加祭典喔——

想起鷹丸說這句話時的笑臉，小結忍不住又嘆口氣。小結為自己恐怕無法遵守約定而難過。

小結完全看不出小匠是否察覺到她的這般心情，只見小匠這天晚上也食慾旺盛地大口吃下晚餐。

奶奶做的炸豬排肉薄酥脆，和媽媽的很不一樣。門前町的風格就是在薄得像煎餅一樣的炸豬排，淋上番茄醬以及豬排醬來品嘗。

奶奶的馬鈴薯沙拉不是搗成泥狀，而是保有切成塊狀的馬鈴薯，吃起來口感十足。除了馬鈴薯塊之外，沙拉裡還加了火腿、小黃瓜以及氽燙過的胡蘿蔔丁，最後均勻拌入美乃滋。

加了現摘的蘘荷以及豆腐的味噌湯也美味極了，但品嘗晚餐的整個過程中，小結一心掛念著約定時間愈逼愈近，險些沒有被食物噎著。吃完晚餐，再幫忙奶奶做好飯後收拾動作時，屋外已籠罩在傍晚的微暗天色之中。

再過一會兒後，月亮就會從岩根山的頂端探出頭來。

唉……結果還是去不成啊……

小結發出不知道已是今天第幾次的深深嘆息聲後，讓視線移向昏暗的庭院。就在這時——

咚！咚！咚！庭院的木門傳來敲門聲。小結一開始以為自己聽錯，但很快地再度傳來不知道什麼人在敲打木門的聲音。

正在簷廊上點蚊香的奶奶抬起頭，一臉納悶的表情看向庭院。

「怎麼回事？好像有人在敲木門……」

奶奶這麼嘀咕時，庭院的木門緩緩打開來。

「都這麼晚了，會是誰啊？」

這麼說完後，奶奶倒抽一口氣。小結原本望向庭院的目光，也被打開來的木門吸引過去。

「怎樣？發生什麼事了？」

小匠走到簷廊上說道，但話一說完，也楞住不動。

木門外的後路上，出現幾個孩子探出頭看向小結他們這方。一人、兩人、三人、四人……小結數著數著，發現站在木門口的孩子們背後聚集一大群孩子。

不可思議地，一大群孩子在傍晚的昏暗天色中，各個手提燈籠、身穿相同款式的祭典外套，臉上都戴著面具。

站在最前面的孩子臉上戴著猴子面具，緊跟其後的左右兩個孩子各戴著紅鬼和天狗的面具。

除此之外，也看見山豬、貓以及其他動物的面具。燈籠的朦朧光線照亮下，一張張面具從黑暗中浮現出來。

小結幾人驚訝得說不出話來時，在最前頭戴著猴子面具的小孩開口說：

「繼名祭典即將展開。繼名祭典即將展開。我們是繼名祭典的迎接隊伍。」

猴子面具的小孩說得畢恭畢敬，但生澀的表現完全符合還只有三、四歲的幼童模樣。

「咦？祭典？什麼繼名祭典？」

*燈籠：椿、繼、岩

奶奶在小豬蚊香座的旁邊，保持跪坐的姿勢反問道。猴子面具小孩回答說：「花倉山的繼名祭典即將展開。我們從花倉山前來迎接。信田結大人、信田匠大人，有請兩位移駕前往參加。」

「咦？」

奶奶大吃一驚，轉頭看向在簷廊上呆立不動的小結和小匠。

「奶奶，我們可以去參加吧？」

小結像要把卡在胸口的沉悶情緒傾瀉出來般，氣勢十足地問道。

「咦？這麼晚只讓你們兩人自己出門不好吧？」

面對突如其來的事態，奶奶臉上浮現困惑的表情。眼看時刻已經過了七點半。

「不會啦！而且花倉山那麼近。」

小匠在一旁緊迫盯人地說道。

「……可是，到底是什麼祭典？奶奶沒聽過要舉辦什麼繼名祭典……」

奶奶說到一半時，忽然一副想起什麼似的模樣瞪大眼睛。

「啊……該不會是山中祭典……？」

奶奶看向小結，投以帶有詢問意味的目光。

「就是你們兩個來到門前町那天跟奶奶說的那個祭典嗎？」

小結下定決心地點點頭說：「對。花倉山今天要舉辦祭典。奶奶，我們可以去參加吧？拜託！」

奶奶直視著小結和小匠一會兒後，轉頭直視佇立在木門口的一群戴著面具的孩子。

猴子面具小孩低頭行禮說：

「時刻已近，有請移駕前往參加。」

「奶奶……」

小結拚命想要得到奶奶的許可。

「奶奶，拜託讓我們參加！」

小匠合掌對著奶奶求情說道。

一陣風先是吹得鳳仙花左搖右擺，跟著朝向簷廊吹拂而來。風吹散剛點燃的蚊香白煙，融入黑暗之中。

奶奶當著小結兩人的面，跪坐著直直挺起胸膛。

重新面向站在木門口的孩子們後，奶奶雙手扶地，低下頭開口說：

「辛苦各位特地前來迎接，也感謝邀請參加山中祭典。不過，我這邊有一個請求。我想先與各位約定好孩子們回來的時間。請問各位今晚何時會把這兩個孩子送回家裡來？」

隊伍最前頭的孩子直視著奶奶不動，似乎陷入思考中。

小結和小匠也屏息凝神地來回看著猴子面具小孩，以及端正跪坐在簷廊上的奶奶。

沒多久，猴子面具小孩靜靜回答說：

「我們會讓孩子們在月亮升上中天之前回家。」

奶奶再次深深低頭行禮說：

「我明白了。若各位願意在今夜月亮升上中天之前讓這兩個孩子平安回家，我沒有異議。請帶這兩個孩子前往參加山中祭典，麻煩各位了。」

「耶。」

小匠低調地擺出握拳姿勢看向小結。小結點頭回應一臉開心表情的弟弟，一直壓在胸口上的重石也隨之消失。

就這樣，小結和小匠穿過庭院的木門，出發前往祭典。

在奶奶的目送下，小結和小匠隨著迎接隊伍的指引，走在天色已暗的街道上，朝向花倉山前進。

走出馬路後，小結望向遠在家家戶戶另一端的岩根山。月亮還沒有現身。不過，籠罩山脈的黑色天空上，已經隱約透出淡淡的月光。

「……太好了……應該來得及赴約……我還以爲沒望了。」

「爲什麼？」

小匠一副納悶模樣，歪著頭看向小結。

「鷹丸不是說過山主人想邀請我們，所以一切都會很順利嗎？」

「……不是吧？」

面對缺乏理解力的弟弟，小結抱著難以置信的心情繼續說：

「鷹丸的意思是如果山主人想邀請我們參加祭典的話。也就是說，如果山主人沒有邀請我們，就沒辦法參加祭典。」

「一樣的意思吧。」

樂天派的弟弟一派輕鬆地帶過小結的話語，根本沒打算理解。

「現在不是派人迎接我們了嗎？這表示我們有受邀，不是嗎？」

「……嗯。」

小結有些遲疑地點點頭後，看向靜靜走在他們前方、約有三十人的戴面具孩子隊伍，內心感到不可思議極了。

小匠說得沒錯，這群孩子是山上派來迎接小結兩人的使者。雖然這群孩子都戴著面具，但與雉丸截然不同。從他們身上感受不到任何氣息，既沒有散發出狐狸，也沒有散發出狸貓的氣味。這群孩子宛如幻影一般。

既然來自山上的使者特地前來迎接，就表示小結和小匠確實是受邀參加祭典的客人。

可是，怎麼會呢？

小結和小匠住在遠離門前町的遙遠城市，爲什麼山主人願意邀請他們參加祭典？小結兩人不過是今年恰巧趁暑假來到奶奶家玩，山主人爲何會想把他們列入邀請客人的名單之中？

帶路的孩子們沉默不語。每個孩子提著燈籠，安靜地在街道上前進，就連回頭看一眼跟在隊伍最後面的小結和小匠也沒有。

不可思議地，路上不見任何行人，也沒有與車子擦身而過。燈火通明的家家戶戶也一片靜謐，沒有傳來任何聲響。

東邊的山脈邊緣已漸漸滲出淡淡的月光。亮起橘色光芒的燈籠隊伍，在萬籟無聲的藍黑色街上，搖來晃去地不停前進。穿過馬路來到一條捷徑的小巷子後，隊伍排成一列繼續前進。隊伍就這麼安靜無聲地抵達椿木神社前方的馬路後，接二連三地穿過鳥居而去。

小結和小匠穿過鳥居時，熱鬧的聲響乘著風兒，從高高聳立在神社後方的花倉山傳來。

笛聲、太鼓聲、伴奏聲——祭典伴奏聲如漩渦般，隨風在小結兩人四周盤旋一陣後，消失於遙遠的天際。

小結和小匠的注意力瞬間被祭典伴奏聲吸引，目光也隨之移向黑暗的深山裡。兩人把目光拉回椿木神社的空地時，迎接隊伍的那群孩子早已不見蹤影。亮起橘色光芒的燈籠也全都消失不見。

「咦？那些小孩呢？」

小結大吃一驚，在昏暗的神社空地上四處張望。

「啊！妳看那邊！」

小匠指向本殿旁邊說道。小結一看，發現有個人戴著狐狸面具，躲在建築物陰影處直盯著這方。

「喂！快過來這邊！」

對方朝向小結兩人招手說道。

「原來是雉丸啊！」

小匠開心地大聲喊道。

沒錯，對方不是迎接隊伍裡的孩子，而是小狐狸雉丸。雉丸發現約定好要碰面的小結兩人而開心不已。

小匠橫越神社的空地跑出去，小結在後方回頭看向街道另一端的山脈。

圓滾滾的月亮已從呈三角形尖起的岩根山頂端冒出臉來。

順利趕上相約時間了——

小結鬆了口氣地朝向空地後方跑出去。

從本殿側邊繞到後方，一腳踩進山腳下的樹林那一刻，原本一片黑暗的花倉山瞬間燈火通明。

祭典燈籠的點點紅色燈火，從山腳下一路發光延伸到半山腰。

鷹丸從樹林裡的一棵樹木背後現身，來到小結兩人的面前。

「走吧！繼名祭典就要開始了！」

10 守門人的把關

在那之後，接二連三地發生奇妙的事情。

小結幾人去到本殿的樹林邊緣後，眼前出現一條長長的階梯，階梯一路延伸到花倉山的半山腰。當然了，上次小結兩人與鷹丸兩兄弟上山時，根本沒看到有這樣的階梯。

階梯兩側掛著祭典燈籠，紅通通的燈火照亮著夜路。剛剛在街道上明明空蕩蕩一片，安靜得不得了，在這裡卻可看見一大群人的身影順著階梯往上爬。不過，說是一大群人，但小結其實沒有看見這些人

的面容。因爲大家都跟雉丸一樣，臉上戴著面具。

「姊姊……妳看！」

小匠在就快走到階梯口的位置，指著樹林裡的一棵樹說道。

小結一看，發現那棵樹的樹枝上掛滿面具，宛如結出豐碩的果實一般。爬上階梯的祭典客人，一個接著一個輕輕取下面具戴上，跟著開始爬起階梯。

「花倉山的祭典要戴上面具參加，我們也來戴面具吧！」

聽到鷹丸這麼說後，小結走近那棵樹一看，才得知所有樹枝上掛著形形色色的面具。

當中包括烏龜、歪嘴火男、紅鬼、河童、天狗、兔子、熊、老鼠、貓、狗、猴子……當然了，樹枝上也掛了好幾副狐狸面具。小結、小匠和鷹丸都決定戴上狐狸面具。

「大家都戴一樣的面具耶！」

原本就戴著狐狸面具的雉丸興奮地跳來跳去。

忽然有人從小結幾人的身旁伸出手。那個人扯下樹枝上的天狗面具後，就這麼快步爬上階梯。

「好了，快走吧！」

在鷹丸的一聲令下，小結幾人跟在天狗面具的客人後方，也踏上通往山上的階梯。

爬上階梯後，笛聲和太鼓聲變得清晰。熱鬧的伴奏聲縈繞階梯之中，雉丸爬到一半時忽然抬頭仰望小結和小匠，顯得開心地說：

「你們看！你們看我！」

雉丸一邊說話，一邊把面具往上推——結果，面具底下不是出現一張沒有五官的臉，也不是狐狸的臉，而是有著一雙圓滾滾眼睛、可愛淘氣的男孩臉龐。

「好酷喔！」

小匠打從心底發出讚嘆聲。

「雉丸，你的變身技巧突然變厲害了喔？」

「嘿嘿嘿！」

雉丸就這麼一直讓面具掛在額頭上方，靦腆地笑著。

「我上次說過了吧？這是多虧了山的魔法。」

鷹丸一邊爬階梯，一邊只對著身旁的小結悄悄說道。

「今天晚上山的力量最強，所以就連雉丸也能完全變身。只限於今天晚上而已。」

「喔，原來如此……」

搞懂狀況後，小結凝視起與小匠開心爬著階梯的雉丸背影。

「今天啊，有迎接隊伍跑到奶奶家來。」

小匠和雉丸走在前面，小結用他們聽不見的音量，對鷹丸說道。

「咦？迎接隊伍？」

鷹丸頂著狐狸面具的臉，一副訝異的模樣轉頭看向小結。

「嗯。」小結把面具推到額頭上，吸一口山裡的空氣，再輕輕呼出空氣。

在那之後，小結緩緩描述起迎接隊伍來到奶奶家的經過：

「那時候我們已經吃完晚餐，天色也開始暗下來。迎接隊伍叩叩叩地敲了敲院子的木門，特地來叫我們參加祭典。後來，奶奶就答應讓我們參加繼名祭典。要不是有迎接隊伍來，我們今天晚上搞不好會來不及跟你們會合……應該說，我們搞不好沒辦法來參加祭典。」

「妳說的迎接隊伍是什麼樣的傢伙？」

鷹丸一邊爬階梯，一邊詢問小結。鷹丸也把狐狸面具推到額頭上，注視著小結靜靜等待回答。燈籠的昏暗光線底下，鷹丸白天時泛著金色光芒的眼眸，被染成如深邃黑夜般的黑色。

「呃……差不多三、四歲的小小孩。可是，我沒有看到他們的臉。因爲他們全都戴著面具，身上穿著一樣的祭典外套，然後手上提著燈籠……還有……」

小結想起當時豎起順風耳的經過，補上一句說：

「他們身上感受不到氣息。不論是氣味、體溫，還是血液在體內流動的聲音，什麼都感受不到。簡直就像幻影一樣。」

鷹丸一副陷入思考的模樣注視著小結時，忽然恍然大悟地倒抽一口氣，瞪大眼睛說：

「……順風耳？妳該不會是有順風耳吧？」

「咦？……喔，是啊。」

小結有些不自在地點點頭。鷹丸的黑色眼珠亮了起來。

「好酷喔……原來妳有順風耳……也對，妳說過你們是混血兒。我聽說過混血兒能展現狐狸一族的強大能力，原來那是真的啊。」

「咦？是、是啊。不過，也不是什麼多厲害的能力啦……」

小結感到慌張失措，不由得像在找藉口似地這麼嘀咕道。小結察覺到自己的發言像極了小匠會說的話，更加難爲情起來。於是，小結急忙努力岔開順風耳的話題。

「來迎接我們的那些小小孩到底是誰？山上派來的使者嗎？山上經常會派人去迎接客人參加祭典嗎？」

鷹丸直視著深山處陷入思考。

「……應該很少發生這種事吧……不過，如果是非常特別的客人，那就另當別論了。如果是非常重要又特別的客人，或許山主人就有可能特地派使者去迎接……」

「咦？……特別的客人？」

小結嚇一跳地反問道。

「我們是特別的客人？應該不太可能吧……我和小匠只是恰巧到奶奶家玩而已。而且，我們跟花倉山的主人也不是朋友或其他什麼關係……」

鷹丸和小結都想不出原因，只能歪著頭互看彼此。

走在前方不遠處的雉丸和小匠的開心聲音傳來。

「哇！好快喔！」

「輕輕鬆鬆就可以一直往上爬耶！」

雉丸和小匠動作輕盈地一階接著一階往上爬去。看著兩人的背影，小結歪著頭納悶地心想：「奇怪了？」說起來，爬階梯的速度似乎特別快。不僅雉丸和小匠，小結自身也在不知不覺中，以相當快的速度爬著階梯。爬階梯時可明顯看出階梯兩側的樹木和燈籠光線，不停往後方流去。很奇特的感覺，小結不禁覺得實際的前進速度，比自己的行走速度快上許多。那感覺就像……沒錯，簡直就像搭手扶梯往上爬。小結覺得不是靠自己的雙腳，而是有股看不見的力量帶動她的身體前進。然而，小結低頭看向腳邊確認後，也沒發現階梯在移動。

「這是怎麼回事？」

看見小結的驚訝模樣，鷹丸笑著說：

「這也是山的力量。這是山主人的貼心設想。山的力量正在把我們送到祭典的會場。」

小結忽然想到今晚也沒看見黑斑蚊出現。難道這一切都是山主人的貼心設想嗎？吹來的夜風十分涼爽，高掛在東邊天際的月亮皎潔明亮，燈籠的光線在樹蔭下不停地活潑擺動。小結幾人正準備前往的深山處，傳來愈來愈響亮的笛聲和太鼓聲。小結俯視山下後，從樹林的縫隙間看見門前町的街道燈光在遠處閃爍。

其他客人在小結幾人的後方，也接二連三地爬上花倉山。由上往下望去，彷彿看見數也數不清的面具，從黑暗深淵中不斷湧現。

祭典伴奏聲蓋過登山而來的客人交談聲，使得小結難以聽清楚交談內容。不過，小結可以很肯定一點，那就是興奮不已的喧鬧聲以及愉快的笑聲之中，到處夾雜著「繼名祭典」的字眼。

好感動啊……我真的來到了繼名祭典……我真的來到了花倉山主人所舉辦的祭典。

小結感慨萬分地這麼心想。可是，接下來會如何發展呢？站在祭典會場入口處的守門人，有可能讓小結和小匠順利過關嗎？還是會跟奶奶的爸爸一樣，面臨難得去到入口處卻被趕回家的狀況？

雖然鷹丸說過只有特別的客人，山主人才會派人迎接，但小結還是不認爲自己和小匠會是山主人願意特地派人迎接的貴賓。剛才的迎

25

接隊伍應該是安排上出差錯，而小結和小匠現在之所以能夠與鷹丸兩兄弟一起爬上花倉山，肯定也是不知道搞錯了什麼。

算了，無所謂吧。

小結一邊凝視隨著夜風輕輕搖曳的燈籠，以及浮現在黑暗中的面具隊伍，一邊暗自心想。

光是有機會看到眼前的風景，已經夠幸運了。啊！早知道就不要先寫繪畫日記……至少應該帶手機來的。好想用手機拍照下來回家分享給爸爸、媽媽和小萌看喔……好想讓他們看看眼前的祭典模樣……

隨著漸漸往山上爬，小結發現耀眼的光芒從前方的樹林另一端滿溢出來。兩側點綴上燈籠紅光的階梯，帶著小結等人迎向光芒。

「快到了。」

鷹丸這麼說時，正好抵達階梯的盡頭。在那前方，出現一條朝向光芒延伸而去、筆直平坦的細窄小道。客人們排成一列，一個接著一個在小道上前進。

鷹丸開口說：

「好了，準備接受守門人的『把關』。」

「把關是指要檢查的意思嗎？」

小結隔著面具看向鷹丸問道。

「沒錯。」

「哥哥，你排前面。」

說罷，雉丸繞到鷹丸的身後。

「姊姊，妳先請。」

戴著面具的小匠也把小結往前推。

排成一列的客人朝向守門人面前慢慢地前進。小結幾人在鷹丸的帶頭下，也在筆直小道上前進。小結排在第二個，第三個是小匠，雉丸則是排在最後。

隨著隊伍往前進，小結的心跳開始加速。儘管心裡抱著「過不了關也很正常」的想法，小結還是難以壓抑內心深處的期待心情，心想**搞不好過得了關**。

小結回頭一看，發現小匠和雉丸也一副靜不下心來的模樣一下子互看彼此，一下子探出頭看向隊伍的前方。小結想起鷹丸說過他猜想雉丸根本聽不到山上傳來的通知。

最慘有可能除了鷹丸之外，大家都過不了關啊……

伴奏的太鼓聲撼動黑夜。

咚滋、咚滋、咚……

輕盈悠揚的笛聲在鼓聲和鼓聲之間穿梭般，隨著太鼓的節奏飄揚。小結的心臟也在不知不覺中，配合著祭典伴奏聲的節拍跳動著。

咚滋、滋咚、咚咚、滋滋……

耀眼的光芒穿透樹木之間照射過來之中，隱隱約約可看見穿梭其中的客人身影。所有客人果然都戴著面具，那場景簡直就像來到假面舞會。小結不禁猜想有可能就是因爲這樣，奶奶的爸爸小利男才會說很久以前在山裡窺見祭典時，看見各種動物聚集。小利男看到的應該是戴著動物或妖怪面具的客人。

「妳看！守門人就在那裡。」

鷹丸稍微回過頭，對著小結輕聲說道。

「咦？在哪裡？」

小結原本看向光芒投來的方向，趕緊拉回視線凝視隊伍最前方。一棵鬱鬱蔥蔥的大樹下，出現一道白色身影。小結猜想那個人應該就是守門人。那個人站在樹蔭處，排成一列的客人走到對方面前交談一、兩句話後，便依序往祭典會場前進。隊伍一個接著一個往前進，差不多再十人就要輪到小結他們了。

隨著順序愈拉愈近，小結已經可以看清楚守門人的模樣。守門人

的打扮簡直就像一名巫女。她把中分的黑色長髮梳到背後緊緊綁成一條馬尾，身上穿著白色的窄袖和服搭配白色褶裙。小結本以為守門人一身全白衣裳，但仔細一看後，發現窄袖和服的領口底下露出紅色的內襯領口，袖口也被點綴上一條與內襯領口同爲紅色的明顯紅線。

「請接受守門人的檢查。」

身穿白色窄袖和服的守門人聲音傳來。

「請出示掌心。」

一名客人前進到守門人的面前

後，不發一語地伸出握拳的右手，跟著緩緩放鬆拳頭。小結看不到客人手中握著什麼，只看見守門人直盯著客人手裡的不知何物看，跟著點點頭說：

「歡迎前來參加繼名祭典，請盡情享受今晚的美好時光！」

沒望了！

小結在心中大喊。

大家果然都拿了不知道什麼給守門人看！他們手上肯定都有牌子！我根本沒有什麼牌子……

輪到排在鷹丸前面的前面的客人，也就是說，小結目前排在第四個。

不知道鷹丸有沒有牌子？鷹丸說過只有站在守門人的面前時，可證明具有參加繼名祭典資格的牌子，才會自動出現在客人的手上。鷹丸已經拿到牌子了嗎？

鷹丸直直面向前方排隊等候著，小結完全看不到鷹丸藏在面具底下的表情。

終於輪到排在鷹丸前面的天狗面具客人，站到守門人的面前。

「請接受守門人的檢查。請出示掌心。」

守門人反覆說出同樣的話語，戴著天狗面具的客人伸出不知道握著什麼的手，舉高到守門人的眼前。守門人探出頭看了看鬆開拳頭的掌心後，滿意地點點頭。

「歡迎前來參加繼名祭典，請盡情享受今晚的美好時光！」

咚滋、滋咚、滋滋咚！

咚滋、滋滋、咚滋咚⋯⋯

戴著天狗面具的客人宛如被太鼓聲吸引似的，朝向光芒之中愈走愈遠。

輪到鷹丸站在守門人的面前。

「請接受守門人的檢查。」

咚滋、滋滋、滋滋咚！

咚咚、滋滋、咚滋咚！

小結的心臟就快炸裂開來。

「請出示掌心。」被這麼要求後，鷹丸在守門人面前舉高右手的拳頭。

鷹丸鬆開拳頭，但小結依舊看不到拳頭裡有什麼。不過，守門人確認過鷹丸手裡的東西後，露出親切笑容點點頭說：

「歡迎前來參加繼名祭典，請盡情享受今晚的美好時光！」

鷹丸離開守門人的面前往前走了兩、三步後，停下腳步轉身看向小結。

牌子快出現！快出現！

小結一邊這麼發揮念力，一邊把右手伸進裙子的口袋裡，緩緩前進到守門人的面前。

……？

小結的指尖碰觸到不知何物。口袋裡有東西！

「請接受守門人的檢查。」

就是這個東西嗎？真的是嗎？這個東西就是牌子？牌子自己跑出來了？

小結握緊口袋裡的不知何物，並按住心臟撲通撲通跳個不停的胸口，抬頭仰望守門人的臉。守門人有著一張宛如能劇面具般白皙如雪的面孔，臉上掛著像刻上去似的微笑。

「請出示掌心。」

小結從口袋裡抽出緊握住不知何物、滿是手汗的手，戰戰兢兢地朝向守門人遞出。

緩緩張開手指後，小結發現不知何物在掌心上發光。

「啊……」

看見自己從口袋裡掏出來的東西後，小結楞住不動。

那根本不是什麼牌子。想也知道不可能有牌子。小結從口袋裡掏出來的是，來到奶奶家第一天時，在「萬物雜貨店」玩扭蛋得到的藍寶石胸針。小結完全忘了發出七彩光芒的藍寶石胸針，還一直放在口袋裡。

「姊姊，妳那是扭蛋的胸針耶！」

小匠不知何時已往前探出身子，他一副難以置信的模樣探頭看著小結的掌心說道。

小結感到難爲情極了，恨不得立刻逃離現場。

果然不可能出現什麼牌子。我根本沒有被邀請參加山中祭典……

雖然這很正常……

小結抬頭一看，發現守門人直盯著她手上的胸針看。守門人的臉上早已收起笑容。

「呃……不好意思……我搞錯了……」

看見守門人一副驚訝的模樣凝視著胸針，小結以不能再小的聲音對著守門人說道。

這時，守門人看向小結說：

「原來您是貴賓啊……」

「咦？貴賓？」

一時之間，小結無法理解守門人的話語意思而歪著頭反問道。守門人一臉正經的表情注視著小結說：

「抱歉，我真是太失禮了，請進！」

「咦？」

小結整個人傻住地盯著守門人看。

「……我可以進去嗎？」

「當然可以。」

看著守門人一派正經的表情，小結心想對方應該不是在開玩笑。這下子小結更是搞不懂狀況，露出求救的眼神看向鷹丸。

鷹丸依舊戴著面具，杵在原地看向小結這方。

「這位是您的同伴嗎？」

「咦？」

聽到守門人的詢問，小結急忙追著守門人的視線看去。

小結在視線前方看見小匠回答：「是的，我是同伴。」雉丸也跟著回答：「是的，我也是同伴。」

「請進。」

令人驚訝地，守門人朝向小匠和雉丸深鞠躬行禮後，攤開白皙的掌心指向發出耀眼光芒的方向。

「歡迎大駕光臨繼名祭典，請盡情享受今晚的美好時光！」

「喔……謝謝。」

小結就這麼在搞不清楚狀況下致謝後，離開守門人的面前。

到底是怎麼回事？

小結在心中自問，但完全摸不著頭緒。爲了尋找答案，小結試著再次細看手中的胸針。

看來看去，依舊只是普通的扭蛋胸針，沒什麼特別。手中的胸針確實是過去玩扭蛋時不曾出現過的稀有物，但無疑是花上兩百日圓就能到手的胸針。

小結走近一直在等候他們的鷹丸身邊後，立刻開口詢問：

「鷹丸，你剛剛有沒有讓守門人看牌子？你有牌子嗎？那牌子怎什麼樣？」

鷹丸在小結面前伸出手。凝視鷹丸攤開的掌心後，小結這才知道牌子是什麼。鷹丸的掌心上，浮出一朵像以黑墨畫出的花朵圖案。

小結仔細比較鷹丸的手和自己的手，卻是愈看愈搞不懂狀況。

「我的掌心上明明沒有你那樣的圖案……」

鷹丸把面具推到額頭上，用著閃閃發亮的黑色眼珠注視小結說：

「你們果然是特別的客人。你們是山主人特別邀請的客人，肯定是的……」

「可是，怎麼會……」

小結話說到一半時，小匠突然抱怨起來：

「欸，要這樣拖拖拉拉想到什麼時候？別想這些了，我們趕快去參加祭典啦！而且，難得守門人都那麼說了，我們如果沒有盡情享受今晚的美好時光，怎麼對得起守門人呢！」

「走啦！走啦！」

雉丸讓自己掛在鷹丸的手臂上，興奮地說道。

鷹丸一副拿弟弟沒轍的模樣笑笑後，看向小結說：

「我們走吧！再不快點走，我的手臂會被這小子折斷。」

「說得也是。」

小結暫時把疑問連同胸針塞進口袋裡。

咚滋、滋滋……

咚咚、滋滋……

太鼓聲顯得愉悅地響起。小結幾人朝向耀眼的光芒以及祭典的熱鬧氣氛中走去。

繼名祭典

樹林之間空出一大片寬敞的廣場。圍繞廣場的樹木枝頭上，掛著五顏六色的燈籠，把四周照得宛如白天般明亮。

廣場正中央有一棵樹幹光滑的大樹，大樹朝向夜空大大伸展著枝梢。抬頭仰望後，可看見大樹的枝梢綻放出雪白色花朵，並點綴上如滿天星辰般閃閃發亮的燈飾取代了燈籠。

大樹的樹蔭下搭了一座偏矮的瞭望台，一名戴上紅鬼面具的男子正在那舞台上敲打太鼓。另外還有一名把歪嘴火男面具推高到額頭上

的男子負責吹笛子。

咚滋滋滋、滋滋、咚咚……

嘟嚕、嚕嚕、嘟嚕嚕……

大樹枝頭上的燈飾配合著笛聲和太鼓聲，不停地閃爍。

「啊……」

小匠站在廣場的入口處，抬頭仰望閃閃發亮的大樹枝頭後，不由得發出叫聲。

「你們看！那是螢火蟲耶！」

聽到小匠這麼說，小結也察覺到了。點綴在大樹枝頭上的不是燈飾的光芒，而是無數螢火蟲身上的光芒。螢火蟲停在枝頭上，配合著伴奏聲一會兒發光，一會兒收起光芒，時而也會成群飛離枝頭，然後圍繞在大樹四周形成光圈，不停地繞圈子飛行。

「好美啊……」

小結如癡如醉地嘀咕道。

「我們去吃東西吧！」

雉丸一副活力十足的模樣，邊跳邊說道。

「好耶！去吃東西！」

小匠立刻附和說道。

「咦？你剛剛吃了那麼多炸豬排，現在還吃得下東西啊？」

小結感到難以置信地問道，但小匠根本無心聆聽小結的話語。看見雉丸跳啊跳地往廣場的角落跑去，小匠也追在後頭跑出去。

「真是的……」

小結氣憤地說道，跟著環視客人熙熙攘攘的廣場一圈。

「……可是，說要吃東西是要吃什麼？」

環視一圈後，小結並沒有看見廣場上有任何小吃攤販。充斥廣場的夜晚氣氛之中，飄來難以言喻的高雅花香，但聞不到一絲祭典必有的醬汁或烤玉米的氣味。

「跟我來吧！祭典夜裡，山上的紅淡比[1]會結出特別的果實。」

鷹丸說出令人納悶的話後，朝向雉丸和小匠奔去的方向走出去。

「特別的果實。」

意思是要吃鷹丸所說的特別的樹果嗎？不知道山裡自己長出來的野生樹果會是什麼滋味？

小結抱著有些複雜的心情，跟在鷹丸的後頭走去。

跟著鷹丸穿過祭典客人的人潮，一路走到廣場角落之間，小結也發現許多不可思議的現象。

廣場上明明被一大群客人擠得水洩不通，一路卻不曾與任何客人碰撞過。每個人都輕飄飄地從小結身旁掠過，那感覺宛如與帶有色彩

1　紅淡比，日文漢字寫作「榊」，意思「神明所喜歡的樹木。」

的影子擦身而過。

腳邊的草叢裡，源源不斷地傳來不知嘀咕著什麼的窸窸窣窣聲音。窸窸窣窣的聲音越過笛聲和太鼓聲，傳進小結的順風耳裡。

「繼名祭典開始了！」

「熱鬧的祭典開始了！」

「厚皮香開花了沒？」

「開花了、開花了！」

「麥冬的果實變藍了沒？」

「沒有，還早呢！」

「繼名祭典開始了呢！」

「滿月了。」

「今年夏天的最後一次望月。」

「夏天要結束了。」

「夏天就要結束了。」

「祭典開始了！繼名祭典開始了！」

小結被這些嘀咕聲音勾起好奇心，東張西望地觀察腳邊後，只瞥見到一次上回爬上花倉山時瞧見的長得像綠色老鼠的生物身影。綠色小傢伙們一下子就躲進草叢裡消失不見，但四處的草叢裡仍持續傳來窸窸窣窣的聲音。

肯定也有一大群苔蘚精靈或其他什麼精靈之類的奇妙小生物，聚集來到繼名祭典吧……

小結這麼心想，獨自輕輕點點頭。

「哇！好多喔！」

小匠的歡呼聲傳來。

小結一看，發現小匠正站在一棵樹下。那棵樹長滿茂密厚實的綠葉。

走近後，小結看見那棵樹上結滿與金橘差不多大小的鮮紅色果實。小結環視一遍後，發現不只一棵樹。廣場四周到處都有結出紅色果實的樹，客人們走近後，紛紛粗魯地摘下果實狼吞虎嚥起來。小結忍不住心想：「果實真的有那麼好吃嗎？」

「我要吃了喔！」

雉丸動作迅速地把面具往上推，跟著從最底下的樹枝摘下一顆果實，整顆塞進嘴裡。隨著不停咀嚼果實，雉丸的臉上浮現幸福洋溢的笑容。

「冰棒的味道！我正在吃蘇打汽水冰棒耶！有藍天的味道……」

「咦？冰棒口味的果實？」

小結和小匠也把面具往上推，互看一眼。小匠急著確認雉丸的發言，連忙摘下眼前樹枝上的果實往嘴裡塞。

「裡面沒有籽嗎？」

小結也跟在小匠之後摘下一顆果實。小匠不停咀嚼嘴裡的果實，兩隻眼睛隨之睜得愈來愈大、愈來愈圓。

「咦？太神奇了……」

咕嚕一聲吞下果實後，小匠一副難以置信的模樣嘀咕道。

「我這顆果實吃起來像巧克力香蕉的味道……」

「咦？巧克力香蕉？不是冰棒口味，而是巧克力香蕉口味？」

小結這麼反問時，鷹丸在她眼前摘下一顆果實，往自己的嘴裡輕輕一丟。鷹丸一邊咀嚼果實，一邊向小結和小匠做起說明：

「這其實是當你想吃什麼，就會變成那個味道的果實。紅淡比被形容爲神樹。長在山上的紅淡比只會在山裡舉辦祭典的晚上，結出這種特別的果實。在舉辦祭典的那天，太陽下山後，紅淡比就會一棵接著一棵開出紫色花朵，到了晚上月亮升起時，花朵就會凋謝，然後結出這些鮮紅色的果實。這是只有祭典當天晚上才享受得到的樂趣。」

「……變成想吃的東西的味道？」

小結和小匠凝視著紅色果實，異口同聲地反覆鷹丸說過的話。

鷹丸看見雉丸伸手準備摘第二顆果實，輕輕笑著說：

「因爲這樣，這小子才會說什麼也想要在舉辦祭典的晚上之前吃到冰棒。如果不知道是什麼味道，就想像不出味道，不是嗎？」

小結凝視手中的紅色果實，思考著不知道手中的果實會是想像了什麼的味道？

小匠已經摘下第二顆果實。

「這次我想吃到草莓蛋糕的味道。」

看見小匠張大嘴巴把果實丟進嘴裡，小結不服輸地也把手中的果實丟進嘴裡。

「好酷喔！真的是草莓蛋糕的味道耶！」

小結也被自己吃到的果實味道嚇得倒抽一口氣。

「天啊……章魚燒的味道耶！熱呼呼的！」

「咦？咦？咦？章魚燒的味道也行啊？」

小匠急急忙忙摘下第三顆果實。

「冰棒的味道耶！我在吃蘇打汽水冰棒耶！」

雉丸不停地想像蘇打汽水冰棒的味道，接二連三地吃下紅淡比的果實。

很奇妙，不論吃下多少顆紅淡比的果實，一點也不覺得飽。因爲這樣，所以能夠想摘多少顆果實就摘多少顆，盡情享受各種味道。

就在小結吃完布丁口味的果實時，太鼓聲突然變得不一樣。在這之前，一直傳來讓人心情雀躍、節奏輕快活潑的太鼓聲，這時卻開始傳來像地面震動般的咚隆咚隆聲響。

「啊……」

鷹丸和雉丸同時轉頭看向正中央的大樹。

「山主人駕到。」

小結也嚇一跳地回頭看。不知不覺中，紅鬼面具男子已經走下舞台，來到瞭望台的前方，敲著太鼓發出咚隆咚隆的聲響。歪嘴火男面具男子也站在一旁架起笛子。舞台上空無一人。小結猜想接下來肯定就會看到山主人登場。

「山主人是什麼樣的人？呃……不應該說什麼樣的人，我的意思是山主人長什麼樣子？」

小結壓低聲音這麼詢問鷹丸後，鷹丸也壓低聲音回答：

「我也沒看過山主人的模樣。不過，花倉山的山主人是……」

嘟嚕——尖銳的笛聲打斷鷹丸的話語，響遍整座山。

小結、小匠、雉丸、鷹丸以及所有聚集來到祭典的客人，都屏住呼吸看著空無一人的瞭望台。

小結全神貫注地凝視大樹下的瞭望台，內心緊張興奮情緒高漲。

山主人……山主人長怎樣？像山姥姥？紅鬼？天狗？還是……

——咦？

小結不經意地抬頭看向高高聳立的大樹頂端。大樹的枝葉最上方在發光。究竟是什麼在發光？那道光比布滿大樹的螢火蟲所發出的光芒更加明亮，也更加強大。

那道光輕悠悠地飛向夜空。飛起後，接著緩緩降落到廣場的正中央。

光芒左搖右擺地拍動翅膀降落下來。

「……蝴蝶？」

小結這麼嘀咕後，忽然有所驚覺。

那是擁有彩虹色翅膀的蝴蝶！就是那隻上次小結與鷹丸幾人一起在花倉山看見的大蝴蝶。小結沒有忘記那隻體型大得像鳥類、夢幻美麗的蝴蝶。

廣場上的客人一片鴉雀無聲地注視著美麗的大蝴蝶，大蝴蝶緩慢優雅地飛落到瞭望台的正中央。

蝴蝶終於降落到瞭望台。眨眼一瞬間，蝴蝶忽然消失不見。下一秒鐘，一名身穿彩虹色和服的女子出現在瞭望台上。

她就是山主人……？

小結屏住呼吸，瞪大著眼睛凝視站在瞭望台上的女子。

女子看起來一點也不像山姥姥。她比山姥姥年輕許多，有著一頭烏黑的長髮。女子與守門人一樣穿著褶裙，但帶有深綠色的色彩，並且在褶裙底下穿著彩虹色的寬長袖和服。

每次女子從瞭望台上環視四周，和服就會隨之變換七色光芒。頭戴面具的客人間，如漣漪般掀起一陣陣低語。

「看到主人殿下了。」

「主人殿下現身了。」

「看到娑羅姬殿下了。」

「娑羅姬殿下現身了，好美啊！」

「主人殿下駕到。」

那個人果然是山主人。意思是，我們上次看到了山主人變身成的蝴蝶？

聆聽客人們的低聲細語後，小結內心浮現這般想法。

就在這時，山主人在瞭望台上開口說：

「今夜爲望月之夜，請容吾在此向前來花倉山參加繼名祭典的各位來賓說幾句話。」

山主人的聲音奇妙極了。那聲音如雲雀的鳴叫聲般輕快、如徐風吹過般靜悄、如小溪的潺潺流水聲般清澈，能夠很自然地傳進聽者的心中。

「吾爲花倉山之主娑羅姬，治理花倉山至今已長達五百年之久。今日吾將指名『繼名公主』，並傳承吾名與山主人之座。在此先向各位來賓介紹『繼名公主』！」

山主人在瞭望台上注視著從廣場四周延伸出去的樹林某一處，呼喚說：

「繼名公主，有請！」

樹林深處的一片黑暗之中，忽然亮起一道光。那道光左搖右擺、輕悠悠地在樹林間穿梭飛舞，慢慢朝向廣場靠近。沒多久，發出金色光芒的另一隻美麗蝴蝶，穿過樹林飛到廣場來。

金色蝴蝶緩緩振翅來到山主人所在的瞭望台上方後，忽然間消失不見。下一刻，一名身穿金色和服的少女，出現在瞭望台上。少女穿著金色的寬長袖和服，外面套上深綠色褶裙，留著還顯得稚氣的妹妹頭髮型。少女甩動著頭髮，一副感到稀奇的模樣環視廣場。

客人間再次掀起一陣騷動。

「繼名公主現身了。」

「那位大人將成爲新的花倉山主人啊。」

「那位大人即將繼承娑羅姫之名啊。」

「主人殿下準備把山主人的寶座讓給繼名公主呢！」

「娑羅姫之名就要傳承給下一代了。」

沒多久，客人間掀起的騷動就像潮水退去般轉爲平靜，廣場上一片鴉雀無聲。

彩虹色和服的山主人，把手搭在金色和服的少女肩上，再次開口說：

「從這一刻起，吾名將傳承給這位『繼名公主』。請各位在場的來賓接受吾的請求。從此刻開始，請稱呼這位公主爲娑羅姬，並視其爲花倉山之主長久守護。」

身穿彩虹色和服的山主人這麼說完後，把手舉高到身穿金色和服的少女頭上，不知將何物輕輕插在少女泛起光澤的髮絲上。

那是什麼？

小結不由得探出身子定睛細看。……是一朵花。一朵白色的花。小結猜想那應該是綻放於廣場正中央的大樹枝梢上的花朵。雪白色花朵化爲少女的頭飾閃閃發光。

廣場瞬間揚起一陣轟動如雷的掌聲及歡呼聲。小結也急忙跟著鼓掌。小匠、鷹丸和雉丸也與大家一起拍手鼓掌。

「新主人誕生！」

「娑羅姬殿下！新的娑羅姬殿下誕生！」

「可喜可賀！可喜可賀！」

「新的山主人誕生了！」

「繼名公主成爲新娑羅姬殿下了！」

「可喜可賀！可喜可賀！」

小結一邊鼓掌，一邊環視廣場上情緒沸騰的客人們時，驚訝地瞪大眼睛。

一陣強風刮過花倉山，掛在一棵棵樹旁的燈籠光線隨之晃動。搖來晃去的光芒之中，客人們的影子神奇地一會兒拉長、一會兒縮短，開始扭曲變形。從劇烈搖晃的光芒中看去，客人們已不再是戴著面具的模樣。出現在眼前的，是一群身軀長得像人類的山豬、兔子和鹿。客人們以兩隻後腳站立，不停地拍手鼓掌，但每張臉怎麼看都不是面具，而是真正的動物臉龐。不只有動物而已。

客人當中還出現紅鬼、天狗，也有河童的身影。大家都一副開心的模樣，爲新山主人獻上熱烈的掌聲。

小結悄悄轉頭偷看就站在她身旁的鷹丸和雉丸。

不出所料地，鷹丸和雉丸的臉也變回鼻子尖起的狐狸臉龐。小結納悶地心想：**面具跑哪裡去了**？

太鼓聲忽然響起。

咚滋、滋咚、咚咚、咚咚！

滋滋、咚咚咚、咚滋咚！

嘟嚕——嘟嚕——笛聲也追著太鼓聲響起。

「咦？」

小結再次仔細環視廣場一遍後，不由得揉了揉眼睛。

紅鬼和天狗的身影已經消失不見。鹿、山豬和兔子也變回一般面

具的動物臉，而不再是真正的動物臉龐。

戴著紅鬼面具的男子正在敲打太鼓，戴著歪嘴火男面具的男子在吹笛子。

鷹丸和雉丸也不是狐狸臉，而是把狐狸面具掛在額頭上。

「這到底是怎麼回事？」

小結納悶地歪著頭時，忽然有人唱起祭典歌曲。

「啊——美好的夏日，

望月夜裡，月亮高掛天空，

青蛙也高聲歌唱。

嘿咻！嘿咻！

繼名祭典，

可喜可賀！」

所有人都跟著唱起祭典歌曲，歌聲在廣場上瞬間擴散開來。沒多久，客人們開始揮動雙手、踢踏雙腳，配合著歌曲跳起舞來。大家在正中央的大樹四周圍起圓圈，盡情跳舞。

螢火蟲從高高聳立在廣場上的大樹枝頭上，紛紛飛起。

螢火蟲聚集形成一道光束，在黑暗夜空裡配合著歌曲勾勒出形形色色的圖樣。

上一秒才看見漆黑深邃的天空綻放出星光花朵，下一秒便看見花瓣散落，化為光之漩渦不停轉啊轉的繞著圓圈。

「好酷喔……美呆了……」

小匠仰望天空，陶醉地嘀咕道。

好幾名身穿藍綠色和服的女子，從樹林深處現身後，進入跳舞人群的正中央，揮動染上蛇紋的袖子跳舞。女子們動作整齊劃一地迅速張開交叉在胸前的雙手，和服的袖子隨之大大翻轉。還來不及看完袖子翻轉一圈，女子們的身影已化為美麗的蛾，輕飄飄地飛上夜空。

「蛾耶……剛剛那些人是蛾變身的啊？」

小結瞪大著眼睛嘀咕道，鷹丸笑著點點頭說：

「畢竟是山裡舉辦祭典的夜晚啊。我不是說過會看到很多現象嗎？畢竟今天晚上山的力量很強……」

藍綠色的蛾在廣場上方緩緩飛舞好一會兒後，便飛回樹林深處。

「我們也一起跳舞吧！來跳舞吧！」

雉丸跳來跳去地拉著小匠的手說道。

「姊姊，一起去嘛！」

聽到小匠這麼說，小結和鷹丸互看一眼。

「嗯，走吧！」

小結點點頭說道。雉丸和小匠已往前跑去，小結與鷹丸一起跟在後頭加入圍成圓圈跳舞的人群。

小結幾人開心地跳舞、唱歌、吃紅淡比的果實。參加祭典的客人們也開心地跳舞、唱歌、吃果實。

樹林深處時而會出現奇妙的生物加入祭典的人群圓圈，接著又離開。有時上一秒才看見一群長得像綠色不倒翁似的生物咚咚咚地跳過來一起跳舞又離開，下一秒接著出現泛起銀光的鳥群停在正中央大樹的枝頭上，唱完旋律活潑優美的歌曲便離開，

不過，當中最令人震撼的，莫過於一群佩戴全黑盔甲的武士。武士們的隊伍發出戰服摩擦的嘎吱嘎吱聲響行進到廣場後，客人們立刻讓出路來。武士隊伍步伐整齊地前進到瞭望台的前方後，在兩位新舊山主人的面前拔出掛在腰際的長刀，表演一段威風凜凜的劍舞。

「好酷喔！他們從哪裡跑出來的？好像戰國時代的武士喔！」

小匠這麼說時，武士們「咚！」的一聲默契十足地一齊使力踏步。下一秒，武士們全消失不見，眼前出現一大群來路不明的昆蟲，翅膀一閃一閃發光地劃過夜空，往樹林深處飛去。

「是獨角仙！」

小匠瞪著圓滾滾的眼睛目送一群昆蟲遠去，並興奮大喊。

「還有鍬形蟲！那些肯定是昆蟲變的！剛剛獨角仙和鍬形蟲變身成武士了！」

對於究竟是什麼存在從樹林裡現身，廣場上的客人們似乎都不覺得在意。那些存在現身又離開後，大家總是一副什麼事情也沒發生過的模樣重新繞圓圈跳舞。

祭典來到最高潮時，一直在瞭望台上望著客人們跳舞、身穿金色和服的新山主人，發出可愛的聲音。儘管客人們都沉浸在祭典的熱鬧氣氛之中手舞足蹈，那聲音還是清楚傳進大家的耳裡。

「吾也要同舞！吾也要同舞！」

小結幾人聽到聲音而抬頭仰望時，看見山主人把金色袖子往後一翻，輕飄飄地浮到半空中。不過，等到山主人完全飛起時，已從稚氣的少女變身為金色的美麗蝴蝶。點綴在少女髮絲上的雪白色花朵在空中輕柔飛舞，白色花瓣一片片散落開來。

「吾也要同舞！」

讓出主人寶座給少女、身穿彩虹色和服的「前任山主人」的聲音響起。

前任山主人的身體輕飄飄地浮到半空中，搖身變成彩虹色蝴蝶。

嘟嚕——嘟嚕——笛聲吹奏起緩慢悠揚的旋律。

金色蝴蝶和彩虹色蝴蝶配合著流暢如水的笛聲，在黑暗的夜空裡

25

發光飛舞。兩隻蝴蝶在空中勾勒出圓圈後交纏在一起，忽高忽下地飛舞，展現著令人陶醉的曼妙舞姿。

所有客人都著迷地望著兩隻蝴蝶的舞姿。小結也注視著在夜空裡飛舞的蝴蝶，然後深深嘆口氣。不知不覺中，月亮就快升上中天。

風兒吹起，樹林隨之晃動。好一陣強風。彩虹色蝴蝶乘著強風，來到小結身旁。

小結聽見說話聲。那輕快、靜悄又清澈的聲音，傳進小結心中。

「請向妳的父親大人問好。」

「咦？」

小結反問道，並抬頭仰望彩虹色蝴蝶時，強風如漩渦般捲起小結。小結不由得閉上眼睛時，聽見不同的聲音。一群年幼小孩的聲音傳來。

「約定好的時間已經到了。」

「時間到了。」

「有請移駕返回。」

「請移駕返回。」

暴風狂亂吹起，並朝向小結吞噬而來。

小結已經分不清傳進耳裡的是風聲？笛聲？還是參加祭典的客人喧鬧聲？就這麼杵在暴風及聲音形成的漩渦之中動也不動。

忽然間，風停了。

「咦？」

小匠的聲音傳來。

小結緩緩張開眼睛。耳邊不再傳來笛聲、太鼓聲，也聽不到祭典的喧鬧聲。廣場已消失不見。那棵大樹、瞭望台、祭典燈籠、客人的身影，一切全消失不見。

四周只看見在藍藍的月光照射下，無限延伸的樹林。

鷹丸和雉丸也已不見蹤影。

此刻，小結和小匠身在椿木神社的本殿後方的樹林中。

「怎麼會這樣？現在是什麼狀況？我們剛剛明明一直在山裡的祭典廣場上……」

小匠顯得不安地聳起肩膀，環視著樹林。小結也有種迷了路的感覺。小結凝視著樹林深處，但已經不見任何燈籠，通往山上的階梯也消失不見。

「已經到回家的時間，所以我們被送回來……肯定是這樣……」

小結抬頭仰望黑漆漆的花倉山，像在說服自己似地說道。小結期待著搞不好可以在深山樹林的某處隱約看見祭典的燈光，無奈只看見靜謐無聲、籠罩在黑暗中的花倉山。

小結察覺到小匠原本戴在額頭上的狐狸面具不見了。她悄悄抬手一摸，發現自己額頭上的狐狸面具也消失不見。

「……剛剛那陣強風把面具吹走了……」

小結直盯著一片黑暗的花倉山看，忍不住發出嘆息聲。

不知道鷹丸和雉丸是不是還在祭典的廣場上？牠們一定還在那裡唱歌、跳舞、吃紅淡比的果實。

「真的好好玩喔……」

小匠一副落寞的模樣輕聲說道。

「不知道還有沒有機會見到雉丸牠們？」

小結把凝視花倉山的視線拉回來，看著小匠的臉一會兒後，輕輕搖搖頭說：「我不知道……」

在那之後，小結做一次深呼吸，並轉身背對花倉山。

「回去吧，奶奶還在等我們呢。」

「嗯……」

小匠依依不捨地再次仰望花倉山後，點頭答道。

彩虹色蝴蝶

月亮已升上天，整座城鎮彷彿陷入沉睡之中。捷徑的小巷子一片漆黑，所以小結和小匠決定稍微繞遠路，改走大馬路。通往奶奶家的轉角已近在眼前時，小結兩人赫然發現奶奶就站在轉角的十字路口。

「奶奶！」

小結揮手大聲呼喊，小匠隨即跑上前去。小結也追在後頭跑去。

奶奶笑咪咪地低頭看著小結兩人跑上前來，開口說：

「回來了啊。奶奶在想你們差不多該回來了，所以在這裡等你

們。怎麼樣？祭典好不好玩？」

「好玩！超好玩的！」

小匠情緒激昂地答道。

三人自然而然地牽起手彎過十字路口的轉角，朝向奶奶家前進。

儘管亢奮到被自己嗆到，小匠仍繼續說個不停：

「奶奶，妳聽我說！山主人啊，她是個超級大美女喔，然後呢，山主人她啊……」

「噓！」

奶奶笑咪咪地打斷小匠說話。

「咦？怎麼了？」

小匠有一大堆事情想分享卻遭到制止，不禁一臉錯愕的表情仰望奶奶。奶奶保持著笑容，凝視小匠說：「你們把今天晚上的遭遇好好藏在心裡就好。畢竟不應該在人類居住的地方，隨隨便便把山裡發生的事說出來。你們能夠受邀參加山中祭典是一件非常特別的事。如果把在山裡看到或聽到的事洩漏出去，那就太失禮了。」

「爲什麼——」

小匠嘟起嘴巴一邊走路，一邊踢起路邊的小石子。

「難得人家想分享給奶奶聽……像是看到穿著盔甲的武士在跳舞，還有彩虹色蝴蝶……」

「彩虹色蝴蝶？」

奶奶收起臉上的笑容。小結抬頭一看，發現奶奶歪著頭，一副努力在回想什麼的模樣讓視線停留在半空中。

「奶奶，怎麼了嗎？」

奶奶發出「啊」的一聲眨眨眼後，看向小結說：

「……沒事，奶奶只是忽然想到以前你們的爸爸還小的時候，曾經說過他看到彩虹色蝴蝶。」

「爸爸？」

這回換成小結不顧被嗆到，仍繼續詢問奶奶說：

「爸爸遇到過彩虹色蝴蝶？爸爸說他在哪裡遇到的？什麼時候遇到的？」

「那是什麼時候來著……」

奶奶仰望起夜空在遙遠記憶中尋找一陣後，繼續說：

「那時候你們的爸爸……阿一他應該還沒上小學吧。阿一說要去抓昆蟲，後來上氣不接下氣地跑回來，激動地大喊：『我看到一隻超大的蝴蝶！那隻蝴蝶比兩個手掌心還要大，翅膀的顏色還像彩虹一樣！』那時候爺爺笑阿一說：『怎麼可能有那麼大的蝴蝶。你看錯了吧？』結果阿一說什麼也不肯讓步，還激動地說：『我絕對沒有看錯！就在雲居山入口的樹林裡，我看到那隻蝴蝶被蜘蛛網黏住了。』後來爺爺就說：『那我們一起去看看是真的還假的好了。』」

小匠按捺不住地從旁插嘴說：

「所以爺爺也看到了嗎？爺爺也去看了彩虹色蝴蝶，對吧？」

奶奶揚起嘴角露出苦笑後，搖搖頭說：

「這個嘛，那時阿一已經讓黏在蜘蛛網上的蝴蝶逃脫了。阿一說萬一蝴蝶被吃掉就太可憐了，所以已經幫蝴蝶脫離蜘蛛網，讓蝴蝶逃跑了。後來爺爺說那是阿一編出來的故事，阿一也一直堅持說是真的，兩個人爭執了好久呢！」

「雲居山在哪裡？」

小結問道。奶奶保持牽著手的姿勢，轉頭看向花倉山的方位回答：「在花倉山旁邊。雲居山比較矮，長得圓圓的。雲居山的坡度比花倉山平緩，爬起來比較輕鬆，阿一小時候經常到雲居山抓昆蟲，或是去健走。」

奶奶家的大門出現在眼前。

「原來爸爸救了蝴蝶啊……」

成排住家的另一端可看見黑漆漆的山脈黑影，小結注視著山脈嘀咕起來。

「搞不好就是因爲這樣，我們才會被邀請參加祭典……算是代替爸爸……」

「咦？什麼代替爸爸？」

奶奶沒有開口說話，而是小匠反問道。看樣子小匠似乎沒聽見彩虹色蝴蝶在風中說的話。

「這個嘛……」

小結感到遲疑地看了看奶奶，再看了看小匠。小結之所以感到遲疑，是因爲想起奶奶說過不能隨隨便便說出山中祭典所發生的事。不過，小結最後還是決定只針對這件事，也好好說明給奶奶知道。小結心想奶奶畢竟是爸爸的媽媽，應該有權利知道這件事。

「奶奶，妳聽我說喔，我們明明沒有牌子，祭典的守門人卻讓我們通過。守門人還說我們是『貴賓』……還有啊，我們離開祭典要回來的時候，我在風中聽見彩虹色蝴蝶的聲音。」

「哪樣的聲音？」

這次果然也不是奶奶發問，而是小匠開口問道。小結瞥了小匠一眼後，簡短地回答：

「牠說：『請向妳的父親大人問好。』」

「向妳的父親大人問好？……父親大人是指爸爸？」

小匠瞪大著眼睛問道，小結對著奶奶繼續說：

「彩虹色蝴蝶其實是花倉山主人的化身。我猜爸爸當初救的蝴蝶，就是我們看到的那隻蝴蝶。山主人肯定一直記得這件事，所以看到我和小匠今年來門前町玩，才會邀請我們代替爸爸參加祭典……」

奶奶一直保持沉默地聆聽小結說明到這裡後，靜靜地點點頭說：

「嗯，如果真的是這樣，就表示阿一小時候說的話果然是真的。阿一真的幫了彩虹色蝴蝶從蜘蛛網上脫逃。」

「很像爸爸會做的事……」

小匠自以爲了不起地說道。

「爸爸明明是去抓昆蟲，卻讓難得一見的稀有蝴蝶逃跑。要是換成我，絕對會把蝴蝶抓回來跟朋友炫耀……」

小結回應小匠說：

「嗯，我相信如果換成你，肯定會那麼做。不過，這麼一來，我們就沒機會被邀請參加山中祭典了。」

小匠似乎想說些什麼，但奶奶搶先開口說：

「我想起來了。那時候爺爺問過：『如果你說的是真的，爲什麼不把那麼稀奇的蝴蝶抓起來？』結果阿一說：『因爲那隻蝴蝶實在太漂亮了，總覺得不能把牠抓起來。』」

「太漂亮？」

小匠低聲反問道。

奶奶點點頭後，在家門口伸手推開推拉門。現在明明是大半夜，奶奶果然還是沒有上鎖就出門迎接小結兩人。推開推拉門並準備鑽進屋內時，奶奶忽然仰望頭頂上方的夜空，看著閃閃發光的月亮。跟著，奶奶在臉上浮現微笑，感觸極深地嘀咕說：

「那隻蝴蝶肯定很漂亮吧。畢竟是山主人的化身，一定美得讓人覺得不屬於這個世界……阿一肯定是覺得如果把蝴蝶抓起來會很過意不去吧。」

小結抬頭仰望著明月，腦海裡重現彩虹色蝴蝶與金色蝴蝶共舞的夢境般畫面。

「嗯……」

奶奶走進屋內，小結在奶奶背後輕輕點點頭。

「真的非常──非常──非常漂亮……」

玄關那頭傳來奶奶的聲音：

「奶奶幫你們加熱好泡澡水了，快去洗澡，然後早點睡吧！」

小結做一次深呼吸後，也鑽進屋內。暗藍色的夜裡，小結感受到夏天的氣味。

隔天，小結和小匠一路沉睡到中午。

小結兩人在蟬群的大合唱之中醒來後沒多久，爺爺就帶著伴手禮的溫泉甜饅頭回到家中。

「今天就早一點吃午餐吧！」奶奶這麼說，並準備加了小魚乾的炒飯當午餐。不過，對小結和小匠來說，這其實是時間偏晚的早餐。

「昨天晚上爺爺不在家，你們兩個有沒有乖乖的啊？」

「有，很乖。」

小匠實在回答得太快，害小結心跳加快，深怕爺爺察覺到異狀。

「嗯，很棒、很棒。」

不過，爺爺沒有做出什麼特別的反應，只是面帶笑容，津津有味地大口吃炒飯。

「你們三個人昨天晚上都在做什麼？」

小結又心驚膽跳一下，一口嚥下嘴裡的炒飯後，瞥了小匠一眼。小匠默默地一口一口扒著炒飯，一副根本沒聽見爺爺發問的模樣。

尷尬的沉默氣氛之中，爺爺再怎麼遲鈍也察覺到異狀，一副感到納悶的模樣歪著頭說：

「喲？怎麼回事？看你們這表情像是有什麼祕密喔。」

「沒有什麼祕密啊……」

小結的心臟愈跳愈快，她又看了小匠一眼，但小匠果然一臉決心要裝傻到底的表情。奶奶一派輕鬆地在爺爺的茶杯裡倒茶。

「哈哈——我知道了！」

爺爺露出壞心眼的笑容。

「有人吵架了，對吧？」

「咦？吵架？誰跟誰？」

小匠嚇了一跳，忍不住加入話題問道。爺爺露出從容不迫的笑臉點點頭說：「你跟姊姊吵架了，對吧？」

小結和小匠互看彼此，不停眨著眼睛。看見小結和小匠一臉不知道該怎麼回答才好的困惑表情，爺爺發出「嗯、嗯」兩聲點著頭說：

「你們是親生姊弟，難免會吵架。今天就要和好啊，如果不好好相處，爺爺就不帶你們去兜風喔！」

爺爺似乎因為昨天與朋友出去玩而想要彌補，所以今天也替孫子們規劃好活動。

「不說這些了，你們的聚會如何啊？」奶奶語調平穩地問道。

「那群朋友大家都好嗎？」

「大家真的都老了。不過，他們都說我看起來很年輕！」

看爺爺開始聊起昨晚與朋友聚會的話題，小結鬆口氣按住胸口。

看著投射在簷廊上的明亮陽光，小結不禁覺得昨晚在花倉山的遭遇宛如一場夢。

在黑夜裡亮起的燈籠光線之中，戴著面具歌唱跳舞的客人們、從樹林深處現身到祭典會場來的可疑生物們，那些會不會全是幻影？

小結一邊用湯匙舀起最後一口炒飯，一邊偷偷觀察奶奶的態度。

奶奶聆聽著爺爺說話，在一旁頻頻微笑點頭，一副根本不記得昨晚發生過什麼的表情。早上小結兩人很晚才起床時，奶奶也隻字未提昨晚的祭典，只說一句：「快去換衣服吧，爺爺很快就回來了。」

——你們把今天晚上的遭遇好好藏在心裡就好——

奶奶說的這句話在小結的內心深處響起。小結忽然想起一件事，於是把手伸進口袋裡。指尖碰觸到堅硬的物體。小結從口袋裡掏出一看，結果看見了藍寶石胸針。

這天，小結謹慎地將胸針收進準備寄回家裡的旅行袋深處。小結以面紙層層裹住胸針，連同繼名祭典的回憶塞進火柴盒裡，最後小心翼翼地將旅行袋上鎖。

13 祭典過後

繼名祭典結束後，夏天仍持續進行中。不過，對小結他們來說，那已不是以往體驗過的閃閃發亮的真正夏天，而是隱約藏有秋天氣息的祭典過後的夏天。

小結感受到河水比以前來得冰涼、風比以前來得清澈、黃昏比以前顯得落寞，就連落在馬路上的影子，似乎也比以前長了些。進入八月份後，奶奶庭院裡的柿子樹上開始傳來寒蟬的鳴叫聲，時而也會看見紅蜻蜓的身影。爺爺說過比起小結他們所居住的城市，位在山谷的

門前町的秋天來得比較早。

從那天之後，小結和小匠每天都在期待能有機會再見到鷹丸與雉丸一面。不論是在門前町的街道上走動時，或是在河畔釣魚時，當然了，還有在椿木神社後方的樹林抓昆蟲時，小結和小匠的視線總是四處尋找著鷹丸與雉丸的身影。

說到鷹丸與雉丸，小結想起奶奶發現一樣令人意外的東西。那就是「再來一支」的冰棒棒子。小結和鷹丸兩兄弟一起吃的蘇打汽水冰棒當中，有一支是中獎冰棒。那時小結把所有冰棒的包裝和棒子都收進塑膠袋裡，結果忘了丟就帶回家。意外的冰棒棒子就是在小結想起塑膠袋的存在，而丟進垃圾桶時被發現的。奶奶一向習慣確實做好垃圾分類，才會打開塑膠袋確認有無需要分類的垃圾。就在這時，奶奶發現棒子當中有一支棒子印上「再來一支」的字眼。

「肯定是鷹丸或雉丸吃的冰棒。」

小結與小匠討論後得到這個結論。原因是小結和小匠當初吃下冰棒後，早已確認過棒子上沒有「再來一支」的字眼。

從那天後，每天外出時，小結一定會先把奶奶幫忙洗乾淨的中獎棒子放進斜背包裡才出門。

小結這麼做是爲了如果在某處遇到鷹丸或雉丸時，可以把棒子交給牠們。雉丸若知道拿中獎棒子可以再吃到一支蘇打汽水冰棒，不知道會有多開心！

可是，鷹丸兩兄弟還是沒有在小結和小匠面前出現過。

牠們會不會已經回山上去了……祭典已經結束，搞不好牠們已經回到自己的山上去了……

小結這麼心想後，一股彷彿耀眼太陽忽然被雲層覆蓋的落寞感在心中擴散開來。

沒多久，媽媽爲了接小結和小匠回家，帶著小萌來到門前町。等媽媽他們在門前町住上三晚後，小結和小匠就必須回家。

只有在媽媽和小萌抵達後的第一天晚上，小結和小匠也一起在二樓的寢室睡覺。因爲他們想要與媽媽分享意外參加繼名祭典的經過。

「告訴媽媽真的沒關係嗎？」

當初被奶奶制止談論祭典的事情時，小匠明明一副難以接受的模樣，媽媽抵達門前町後，卻悄悄這麼詢問小結。

「不能不告訴媽媽吧？」

小結毫不客氣地反駁弟弟說道。

「爸爸和媽媽要另當別論吧！照理說，應該是爸爸要被邀請參加繼名祭典，而媽媽是山的世界裡的專家。……不過……」

不過，小結與小匠經過討論後，最後決定不把那天晚上在祭典廣場上看到各種奇妙生物以及戴著面具的客人狀況，告訴爸爸或媽媽。

兩人之所以會做出這樣的決定，最大原因不是因爲被奶奶制止，而是擔心萬一不小心告訴某人後，一切就會消失不見。小結和小匠覺得如果告訴了某人，那個美麗夜晚的奇妙體驗有可能從記憶裡被刪除，以後也可能再也沒有機會被邀請參加山中祭典。所以，兩人決定把那天晚上看到花倉山所施展的魔法悄悄收在心中，並且牢牢上鎖。

在鋪了三張床墊、只剩下四人獨處的寢室裡，小結和小匠向媽媽坦承說出一路來的遭遇。雖然沒有說出舉辦祭典時的狀況，但兩人針對受邀參加名爲「繼名祭典」的奇妙山中祭典的整個經過做了說明。

「每次我們準備打電話回家時，都會被爺爺發現，然後爺爺就會跑來旁邊等著，要我們叫小萌接電話。」

小匠嘟起嘴巴，解釋一路來沒能夠告知繼名祭典的原因。這時，小萌已經把身體縮成一團，在媽媽的被窩角落酣然入夢。

「媽媽，妳覺得呢？」

描述完守門人的應對態度以及彩虹色蝴蝶說的話之後，小結向媽媽尋求意見。

「媽媽也會覺得我和小匠之所以被當成貴賓受邀參加山中祭典，其實是爸爸的功勞，對不對？」

「嗯。」

枕邊的檯燈光線籠罩下，媽媽點點頭說道。

「我想應該是的。山主人還記得爸爸很久很久以前救過牠，所以貼心地設法讓你們有辦法去參加祭典。」

「設法讓我們參加？」

小結反問道。

「什麼意思？因爲我們今年暑假恰巧來奶奶家玩，所以邀請了我們？」

媽媽微微歪著頭注視小結。

「搞不好不是恰巧喔。」媽媽說道。

「妳不覺得有可能不是恰巧，而是山主人貼心設想，你們才會在今年來奶奶家玩嗎？以前爺爺和奶奶不是一直都在邀你們來玩嗎？可是，爲什麼你們偏偏就今年會想來門前町呢？妳想想看爲什麼會有這樣的念頭？當初是妳主動說暑假時想去爺爺奶奶家玩，不是嗎？因爲妳這麼說，小匠才會也開始吵著說想去。」

「爲什麼會有這樣的念頭……」

小結把枕頭放在膝蓋上，抱著枕頭動腦思考起來。

今年，當夏天的氣息籠罩城市、梅雨停歇片刻之間傳來蟬鳴聲時，小結不知爲何突然有到門前町的爺爺家度過暑假的念頭。於是，小結向爸爸和媽媽提出請求說：「今年暑假我可以去門前町嗎？」

看見小結陷入沉思，媽媽露出別有含意的微笑說：

「肯定是山主人的貼心設想。媽媽猜你們兩個應該是在自己也沒有察覺之下，早就收到山主人的邀請通知。像是扭蛋裡出現很特別的

胸針這件事，肯定全是山主人的貼心設想。」

小結把臉頰貼在捧在懷裡的枕頭上，歪頭看著媽媽的臉。

「是嗎……可是，爲什麼不是邀請爸爸，而是邀請我和小匠？爲什麼山主人會想邀請我們？」

「因爲爸爸已經不是小孩子了啊……」

媽媽靜靜地說道。

「世上有很多魔法即使小時候看得見，長大成人後卻會看不見。也就是說，山主人呼喚客人來參加祭典的聲音已經傳達不到爸爸耳裡，但順利傳達到妳和小匠耳裡。」

小匠從小結身旁探出身子，詢問媽媽說：

「媽媽，我們還有機會遇到鷹丸和雉丸嗎？參加完祭典後我們都沒有碰到過。」

「這個嘛……」媽媽說道。

「媽媽也不確定耶。在山上舉辦祭典，山的力量變強後，山的力量會反過來變得很弱。在恢復到原本的平衡狀態之前，像雉丸那麼小的狐狸肯定沒辦法變身成人類吧。媽媽不知道你們說的狐狸鷹丸擁有多強的變身能力，但如果還是一隻年輕不成熟的狐狸，搞不好也一樣還沒辦法順利變身成人類。如果沒辦法變身成人類的模樣，就不可能大剌剌地跑到城鎮來吧？所以，我猜牠們應該已經回到山上去了。」

「呿！沒機會見面了啊……」

小匠一副失望的模樣說道。小結也覺得自己像洩了氣的氣球般，內心感到落寞又沮喪。

對於在爺爺奶奶家過暑假，小萌可說開心極了。

小萌在爺爺為她在水井旁準備的充氣塑膠泳池裡玩水、摘庭院裡的花草玩扮家家酒、到河邊尋找淡水蟹，每天玩得不亦樂乎。

最後，小結他們該回家的日子終究還是到了。這天，小結他們會在奶奶家提早一些時間吃午餐，等爺爺開車送他們到車站後，將搭乘下午第一班特快列車離開。

媽媽一早便整理好四人份的行李並安排宅配，也曬了在奶奶家借用的床墊並把床單清洗乾淨，忙得不可開交。小萌霸占著大人幫她搬到簷廊上的矮桌，專注地寫著「給爺爺和奶奶的感謝函」。

「我去一下『萬物雜貨店』跟源爺爺道別。然後，我可以順便買回程在電車上吃的零食吧？」

吃完早餐後，小結提出要求，小匠立刻說自己也要跟著一起去。

「不可以在源爺爺那邊逗留太久，忘了時間喔！一定要在十點半以前回來。」

與媽媽做好約定後，小結和小匠離開奶奶家。

兩人走在通往商店街、已經再熟悉不過的路上。燦爛的陽光灑落在早晨的門前町街道上，整座城鎮泛起朦朧的白光。早晨的風在不見行人的馬路上吹拂而過。

今天早上，小結察覺到不再傳來蟬鳴聲，不禁感到驚訝。小結有種秋天已來到不遠處的感覺，心情難以平靜。

看見小結和小匠前來道別，源爺爺誇大地展現悲傷的心情。

「什麼？你們這麼快就要回去了？源爺爺會很寂寞的……下次要等到寒假，對吧？一定要來玩喔！明年暑假也要來喔！不用爸爸或媽媽跟著，你們兩個自己來也完全沒問題吧？幫源爺爺跟小一的3號小孩問好喔！當然了，也記得幫源爺爺跟小一和小一的太太問好喔！回去跟他們說源爺爺在門前町等大家再來玩！」

小結在源爺爺的雜貨店買了零食，包括巧克力、軟糖，以及袋裝的小米果。

「轉角食堂」還沒有開始營業，也有可能今天恰巧是公休日也說不定。

「結果沒機會拿中獎的棒子給雉丸牠們。」

小匠看著食堂緊閉的鐵門，一副落寞的模樣說道。

「我們也去椿木神社道別吧！」

小結刻意以活力十足的口吻說道，並離開食堂前面。

距離與媽媽約定好的十點半，還有將近一個小時的時間。

「好啊。」

小匠點頭應道，於是小結與小匠一起穿出商店街走出去。小結一邊走在兩側矮房櫛比鱗次的馬路上朝向神社前進，一邊思考起來。

到了明天，小結已不在這座城鎮。不論是商店街、這條馬路，還是奶奶家，都不會看到小結出現。想到自己無法目睹秋天到訪這座城鎮，小結不禁感到落寞。

捷徑的小巷子口出現在眼前。小匠一副理所當然的模樣踏進小巷子，小結也立刻跟在後頭走去。兩人就這麼在宛如隧道般冰涼昏暗的小巷子裡前進。

小巷子兩側的牆壁另一端，今天也傳來家家戶戶度過早晨時光的動靜。烹調時間偏晚的早餐香氣、洗衣機的轉動聲、電視機裡流瀉出來的笑聲……眼前出現相反方向的小小巷口，一陣風輕柔地從那一端吹拂而來。

小結有所驚覺地抬高視線的那一刻，小匠大叫一聲：「啊！」

不知道是誰籠罩在光芒之中，佇立在巷口。看見對方化為黑影浮現出來的身形後，小匠大喊：

「鷹丸！那是鷹丸對不對？」

小匠回頭詢問小結，小結用力點頭回應。氣味隨風吹來，小結十分肯定對方就是鷹丸。

「嗯，是鷹丸沒錯。」

然而，小結和小匠不由得準備奔跑出去時，鷹丸卻站在巷口出聲制止：

「不要跑！」

「咦？」

小結和小匠在狹窄的小巷子正中央互看一眼。兩人一頭霧水。

鷹丸對著露出納悶表情的兩人說：

「別過來這裡，我現在沒有完全變身成功。」

「我知道。」

小結說道。

「因爲山的力量在祭典過後變弱了，對吧？不過，就算沒有完全變身成功，也沒關係啊。我們根本不在意這些。」

「不行。」

鷹丸語氣嚴肅地說道。

「我搞不好會不小心露出尾巴，你們不可以過來。」

「露出尾巴又不會怎樣……」

小結忍不住把話含在嘴裡地嘀咕道，但已放棄靠近鷹丸。

「雉丸呢？」

小匠往前探出身子詢問鷹丸。鷹丸就這麼站在巷口回答：

「那小子現在完全變不了身，所以沒辦法跑來城鎮。現在太陽高掛在天上，總不能在這時間一身狐狸的模樣在街上到處走動吧？不過……」

鷹丸稍作停頓後，靜靜地繼續說：

「雉丸很想念小匠，還要我幫牠說Bye-bye。」

小匠頓時陷入沉默，小結代替他開口說：

「不應該說Bye-bye，而是要說『下次見』。我們寒假時會再來門前町玩啊！等到那時候又可以見面啦！」

「妳說的寒假是月亮升起來幾次後？」

被鷹丸這麼一問，小結頓時回答不出來。從現在到十二月底，月亮到底會升起來幾次？一百二十次……還是一百三十次？小結實在無法算出準確的次數。

小結沉默不語時，鷹丸的聲音傳進耳裡：

「我們狐狸跟人類不一樣，不會跟人家做那麼久的約定。誰也不知道在那麼遙遠的未來會發生什麼事，對吧？」

這回小結也陷入沉默。小結不知道該怎麼回答才好，就這麼保持沉默地佇立在昏暗小巷子的正中央，聽著家家戶戶隱約傳來的動靜。

鷹丸開口說：

「我和雉丸有禮物要送給你們。禮物已經先放在神社後面的樹林了。那算是我們一起去參加繼名祭典的紀念。我就是爲了告訴你們這件事才來的。那就這樣囉，Bye-bye!」

鷹丸毫不留戀地揮揮手準備離開，小結急忙喊住鷹丸：

「啊！等一下！我們也有東西要拿給你們！」

小結在斜背包裡翻找一陣後，掏出冰棒的中獎棒子。小結一邊使勁伸長手臂朝向鷹丸遞出棒子，一邊說明：

「就這個！這是蘇打汽水冰棒的中獎棒子，上面有寫『再來一支』。只要拿這支棒子去『轉角食堂』交給店裡的人，就可以免費再拿到一支蘇打汽水冰棒喔！你聽我說，這應該是你或雉丸上次吃蘇打汽水冰棒剩下的棒子。意思就是你們兩個當中不知道是誰中獎了。所以，這支棒子給你！等你又可以順利變身時，再拿去『轉角食堂』換冰棒吧！雖然只有一支，但你就跟雛丸一人分一半來吃吧！」

鷹丸陷入片刻的沉默。在那之後，鷹丸以開朗的聲音說：

「妳幫我們收著吧！等下次見面時，再一起吃冰吧！」

鷹丸明明說不會做那麼久的約定，現在卻又這麼說。下次見面搞不好是冬天，鷹丸竟然說要一起吃冰。小結這麼心想，但沒有做出任何反駁，也沒有反問，只是點點頭。

「好吧，那等下次見面！到時我們再每個人各吃一支冰棒喔！」

鷹丸……站在光芒之中的男孩身影舉起單手。

「Bye-bye！」說罷，男孩微微歪著頭，補上一句說：

「下次見！」

男孩在光芒之中轉過身子，就這麼消失不見。小結和小匠一鼓作氣地往前衝出巷口後，在巷口東張西望地環視四周，但鷹丸的身影早已無影無蹤。

13 祭典過後

耀眼的白色晨光充斥整條馬路，小結不禁感到一陣鼻酸。在街道上流竄的風中，仍隱約飄盪著鷹丸的氣味。

鷹丸和雉丸送的禮物是雉丸一直戴在臉上的狐狸面具，以及白色花朵的花束。小結不認得白色花朵是什麼花，但猜想應該與祭典晚上新山主人的少女點綴在頭上的花朵為相同花朵。那是廣場中央的大樹所綻放的花朵。

這兩樣禮物被掛在那天晚上掛著無數面具的樹林深處的樹枝上。

「雉丸少了面具不知道要怎麼辦……」

從樹枝上取下面具後，小匠注視著面具擔心地嘀咕道。小結告訴小匠說：

「沒事的，雉丸肯定很快也能夠順利變身成功，到時候根本不需要戴面具。」

小匠展露笑容看著小結說：

「說得也是。等到下次見面的時候，雉丸的變身技巧肯定會比現在更好。」

小結點點頭說：

「嗯，等到下次見面的時候，肯定會的。」

小結和小匠相視而笑後，抬頭仰望花倉山。蔚藍的天空底下，花倉山看起來像戴上雲朵做成的雪白色王冠，直直俯視著小結兩人。

這天，小結他們在爺爺和奶奶依依不捨的目送下，離開了門前町。回程的電車準備駛離紅葉橋站時，小萌哭了一下。每次與爺爺和奶奶告別時，小萌總是難過不已。

回家後，小結第一件事就是先把小心翼翼帶回來的白色花束，插在家裡最高級的花瓶裡，並且擺飾在客廳桌上。

後來有人告訴小結白色花朵的名稱，這個人當然就是身爲植物學家的爸爸。爸爸下班回來後，一看見花瓶裡的花朵，便開心地睁大眼

晴說：

「咦？這不是夏山茶花嗎？這時期會看到夏山茶花還真稀奇呢！夏山茶花的花季通常是在六月底到七月中旬，沒想到竟然有夏山茶樹到了這時期還會開花！」

爸爸接著補充說明一句：

「夏山茶的別名又叫娑羅喔！」

聽到這個別名，小結和小匠不由得驚訝地互看一眼。

兩人想起山主人被稱呼為「娑羅姬」。小結兩人說出這件事後，媽媽注視著桌上的娑羅花，點點頭說：

「花倉山的主人搞不好是很老的夏山茶樹精也說不定。我猜繼承娑羅姬這個名字的新山主人，肯定是還很年輕的夏山茶樹精吧……」

小結心想廣場中央的那棵大樹應該就是媽媽說的老夏山茶樹。因爲這樣，那棵樹才會在繼名祭典的晚上，盛大綻放不合季節的花朵。

爸爸還記得很久以前看過彩虹色蝴蝶。得知彩虹色蝴蝶是花倉山主人的化身後，爸爸表現出打從心底感到驚訝的模樣。小結告訴爸爸彩虹色蝴蝶的訊息後，爸爸爲小結和小匠從夏山茶花束中各摘下一朵花，製成押花做紀念。

到了夏天結束的此刻，以和紙包起的押花仍被夾在爸爸的老舊字典裡，並且利用重物壓在百科字典上。

沒多久，在新學期展開、強颱過境後的某天——

這天晚上，小結打電話給門前町的爺爺奶奶，關心颱風的受害狀況。因爲媽媽從新聞報導中得知爺爺奶奶居住的城鎮受到颱風影響的程度，比小結一家人居住的城市來得嚴重。

「這次的颱風真的很嚴重。」

奶奶接起電話後，這麼告訴小結。

「幸好奶奶家只是被吹斷一根木柵欄，但聽說公民館的腳踏車停放處屋頂被吹翻了，河川沿岸有好幾戶人家的家裡淹水……啊，對了！還有啊，花倉山的半山腰上有一棵大樹倒了。聽說是一棵樹齡五百年的老夏山茶樹。」

樹齡五百年的老夏山茶樹——這句話喚起小結心中的彩虹色蝴蝶。彩虹色蝴蝶在小結內心變身爲身穿彩虹色和服的女子。

那個人……果然是夏山茶樹精。

小結這麼心想。

原來那個人知道夏山茶樹的壽命就快走到盡頭，才會把山主人的

寶座讓給繼名公主。……在夏天的那個晚上……

小結心中響起祭典那天晚上聽到的笛聲以及太鼓聲。想到那時在祭典音樂縈繞之中，身穿彩虹色和服閃閃發光的山主人已不存在，小結感到落寞極了。

「換我了！輪到小萌了！小萌要講電話！」

小結把話筒遞給吵吵鬧鬧的妹妹後，讓視線移向昏暗的陽台。陽台的落地窗大大敞開著，涼爽的夜風吹進屋內。

小結豎耳傾聽，但已聽不到祭典音樂。此刻，小結耳裡只傳來蟋蟀們在公寓廣場的草叢裡鳴叫的聲音。

颱風帶走了夏天，小結一家人居住的城市也籠罩起秋天的氣息。娑羅花早已凋謝，不知道山上的麥冬樹果是否已染上藍色？

小結忽然發現有一隻小小白蛾，停在陽台的扶手上。看見白蛾的白色翅膀上帶有紅色條紋，小結心想：「好像那位守門人喔。」就在這時，小小的白蛾宛如被夜風吹起般飛離扶手。

如今，暑假讓人覺得已是遙遠的往事，與鷹丸兩兄弟的約定則是讓人覺得還在遙遠的未來。小結被夾在兩者之間輕輕嘆息後，滿滿吸一口從陽台吹來的風。

對面的公寓上方，掛著半圓形的月亮。

藍黑色的夜裡，傳來秋天的氣味。

後記

《人狐一家親》第九集故事裡，小結和小匠在爸爸的故鄉門前町度過了不可思議的暑假。

其實呢，我自己小時候也是每次只要一放暑假，就會到奶奶家度過。奶奶家有一棵大大的柿子樹、小池塘，還有老舊的水井，除了奶奶之外，爸爸的姊姊，也就是我的姑姑也住在那裡。每次去到奶奶家，總是有數不清的開心事。

對了，我還記得有一個叫和美的女生，就住在奶奶家附近。和美是我的兒時玩伴，我們從幼兒園就認識彼此，印象中她小我一歲。對我來說，和美是只有暑假才能一起玩耍的特別朋友。每次只要我一到奶奶家立刻撥打電話，和美就會跑來找我玩。

「陽子，一起玩吧！」

每次聽到呼喚聲從黑色木柵欄的木頭後門另一端傳來，我就會興奮不已地心想：「今年又要度過開心的暑假了！」

我跟和美總會一起玩扮家家酒、一起參加廟會、請大人帶我們去游泳池、一起放鞭炮……

我一直以為只要到了夏天，就可以永遠與和美一起玩耍，沒想到和美在某一天搬到陌生城市居住，在那之後就再也沒機會見到她。

夏天的開始總是閃亮耀眼，而夏天結束時總會讓人有些落寞。在撰寫小結和小匠的暑假故事時，讓我回想起遙遠的那段夏日時光。

由衷感謝大庭賢哉先生這次也為《人狐一家親》的世界，畫出栩栩如生的插圖，第九集因此得以成為一本盛大場面滿載的書。

下一回，《人狐一家親》將迎接第十集的故事。回想起來，信田家的孩子們一路被帶到很多地方，克服了各種各樣的災難。過程中，也邂逅了很多有趣的人物……正確來說，孩子們邂逅的對象不全是人類就是了。下一回孩子們不知道會遇到什麼奇妙事情呢？一路閱讀系列故事的讀者朋友們，下一回說不定會有令人懷念的驚喜重逢喔！敬請期待！

富安陽子

國家圖書館出版品預行編目資料

人狐一家親9：暑假的神祕之友 / 富安陽子著；大庭賢哉繪；林冠汾譯. —— 初版. —— 臺中市：晨星出版有限公司，2023.12
面； 公分. ——（蘋果文庫；154）

譯自：シノダ！夏休みの秘密の友だち

ISBN 978-626-320-728-8（平裝）

861.596 112019738

填回函，送Ecoupon

蘋果文庫 154

人狐一家親9 暑假的神祕之友

シノダ！夏休みの秘密の友だち

作者 富安陽子
繪者 大庭賢哉
譯者 王蘊潔
主編 呂曉婕
文字校潤 呂昀慶、蔡雅莉、呂曉婕
封面設計 鐘文君
美術編輯 黃偵瑜、呂曉婕

創辦人 陳銘民
發行所 晨星出版有限公司
台中市 407 工業區 30 路 1 號
TEL:(04)23595820 FAX:(04)23550581
E-mail:service@morningstar.com.tw
https://star.morningstar.com.tw
行政院新聞局局版台業字第 2500 號
法律顧問 陳思成律師
初版日期 西元 2023 年 12 月 15 日

讀者服務專線 TEL:（02）23672044 /（04）23595819#212
讀者傳真專線 FAX:（02）23635741 /（04）23595493
讀者專用信箱 service@morningstar.com.tw
網路書店 https://www.morningstar.com.tw
郵政劃撥 15060393（知己圖書股份有限公司）

印刷 上好印刷股份有限公司

定價 350 **元**
ISBN 978-626-320-728-8

Shinoda! Natsuyasumi no Himitsu no Tomodachi